军地俱乐部丛书
策划·金永吉 主编·金东云

黑板报
版式设计与图例

董海英◎编著

蓝天出版社
Blue Sky Press

图书在版编目（CIP）数据
黑板报版式设计与图例 / 董海英编著. —北京：蓝天出版社，2010.3
ISBN 978-7-5094-0293-1
Ⅰ．①黑… Ⅱ．①董… Ⅲ．①黑板报－图案－中国－图集 Ⅳ．①J522
中国版本图书馆CIP数据核字(2010)第041609号

参考书目

- 王亚飞《美术字设计基础》辽宁美术出版社 1999年1月
- 金明国等《黑板报版式设计图库》上海书画出版社 2005年6月
- 金明国《黑板报图库》上海书画出版社 2005年6月

出版发行：蓝天出版社
地　　址：北京市复兴路14号
邮　　编：100843
电　　话：010-66987132 010-66983715
经　　销：全国新华书店
印　　刷：中煤涿州制图印刷厂北京分厂
印　　数：66201-69200册
开　　本：16开
印　　张：7.875
版　　次：2010年7月第1版
印　　次：2012年1月北京第9次印刷

定　　价：19.80元

作为一种宣传媒体，黑板报被广泛应用到学校、企业、部队等基层单位。黑板报的出版形式因人而异，具有多变性、唯一性、易擦洗、易修改等特点，是最经济、最方便、最常见的一种宣传形式，在当今信息传媒如此发达的情况下具有不可替代的魅力。

目录
CONTENTS

第 1 章

工具及技法

本章要点

- 常规工具
- 基本技法

优秀黑板报的制作与设计离不开设计者对绘画工具的了解，只有了解其性能和特点才能有效地运用到设计中。

第一节　常规工具

1. 黑板

根据黑板制作材质可分为玻璃黑板、水泥黑板、木质黑板、铁质黑板和高分子聚合黑板。

玻璃黑板

材料：5毫米以上的玻璃板，表面用金刚砂打磨或氢氟酸侵蚀呈毛玻璃状，背面用黑色涂料涂刷或是黑色材料衬托而成。

优点：可自定义黑板尺寸，可拼接。板面可做成固定式和移动式。板面平整，板书书写手感流利、轻舒，无反光。

缺点：玻璃黑板不易搬动，易破碎，板面黑度也不够，不能进行板面处理，粉笔摩擦附着力差，所涂粉笔色彩不明显，易露黑板底色。

处理方法：绘制粉笔画，不能用多层画法、平涂法和揉搓法。用玻璃黑板办黑板报，图案及画面比较适用单线线描法、点彩法和直接画法，来进行版面的装饰和美化。

玻璃黑板

水泥黑板

材料：依附在墙体上，用砂和水泥制作而成。

优点：坚固耐用。

缺点：版面制作纹理颗粒粗细不均，涂刷的黑色易褪色、掉砂粒，会有龟裂现象。其形式固定，不能移动，在室外还会受到气候的制约，展阅质量和时间均会受到影响。水泥黑板对粉笔的摩擦附着力因受板面纹理不匀的影响，会时强时弱，书写板书或画图案时易打滑，涂抹彩色色块时易露黑板底色。

处理方法：待水泥充分干燥后涂漆，新的水泥黑板应先在水泥面上用15%～20%浓度的硫酸锌或氯化锌溶液涂刷数次，待干后除去粉质和砂灰，再用稀醋酸或盐酸中和，裂缝用刻刀刻成较浅的“V”形，用腻子填平抹实，后刷涂腻子1～2道，干后磨光，刷涂2～3道黑板漆。

高分子聚合黑板（绿板）

材料：高分子聚合黑板是由表面面板、内芯夹层材料、背板及边框组合而成，其面板表面由高分子聚合材料作为板面涂层，板面呈墨绿色，通常称为“绿板”。

优点：高分子聚合黑板具有板面平整，纹理细腻，不反光，书写流畅等特点。

缺点：其制作形式与玻璃黑板相同，因为在技法使用上会受到许多约束，而且，粉笔色彩在板面上也不好协调。

处理方法：在“绿板”上出黑板报还是以新颖的版面编排为主要手段。

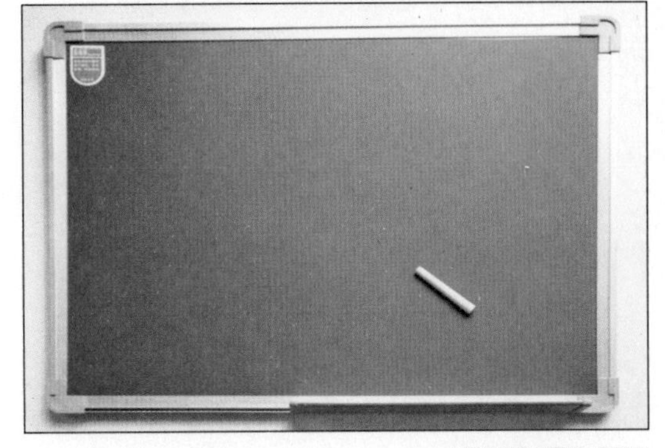
高分子聚合黑板（绿板）

木质黑板

材料：以胶合板为板面材料，分为纤维板和密度板。

优点：重量轻，易移动，板面大小可根据需要进行加工，板面黑色涂层处理方法简单，且黑度高，板面亦平整。板面经过处理后粉笔摩擦附着力强，所涂粉笔颜色鲜艳、浓厚，色彩饱和度较高，对比度明显，板书书写手感流利顺畅，适合各种版面美化装饰和粉笔绘画的多种技法，特技技法也易于表现。

缺点：木质黑板容易受潮，黑板保养不好会有扭曲变形、涂层起皮、夹层开胶等现象。

处理方法：要正确使用黑板和保养黑板，尽量减少与水接触并避开比较潮湿的地方。

2. 粉笔

熟悉掌握粉笔的性能和特点，合理正确地使用粉笔 。

制作黑板报离不开粉笔，它既是书写板书和绘制黑板画的材料，又是工具。因此，黑板报制作人员应该充分了解各种粉笔的性能和特点，合理的正确使用粉笔，这对提高黑板报的制作质量是非常重要的。

普通粉笔（chalk）

外观形状上有圆锥形、圆柱形和六方形，无性能区别。其按色彩分为白粉笔、彩色粉笔。普通粉笔硬度较高、颗粒细度较低，价格便宜。

普通粉笔（chalk）

色粉笔（pastels）

色粉笔（pastels）

是以白垩土（白土子）和颜料为主要材料，用黏合剂和成泥巴状压制而成。是绘制色粉画的专用粉笔。其外形有圆柱形和方形两种。颜色按色系分类，品种较多。其硬度也分为硬性、中性和软性粉笔三种。

绘画用的色粉笔，粉笔颗粒细度较细，硬度也较软，通常都是用在纸基材料上，价格也是比较贵。在制作黑板报时，可以相互调配，混合使用。这样能使出版的黑板报色彩更为丰富和艳丽。

自制粉笔

自制粉笔

自制粉笔可以弥补和满足黑板报对色彩的多种要求。首先准备各种色系的颜料粉，备好填料石膏粉，将颜料粉按自己对颜色的要求称量好后，加入石膏粉进行充分混合。然后用水和成泥巴状，用手搓成圆形的条状。

3. 其他

尺：度量尺寸、画写字格画框线、排版布局及配合刀具进行切割的用具。一般应配备 120 厘米、50 厘米和 30 厘米三种长度的木制尺子。不锈钢材质尺子容易打滑、有机玻璃的尺子容易看不清刻度，要切割一条 2 厘米宽的白色即时贴，贴于刻度的反面。

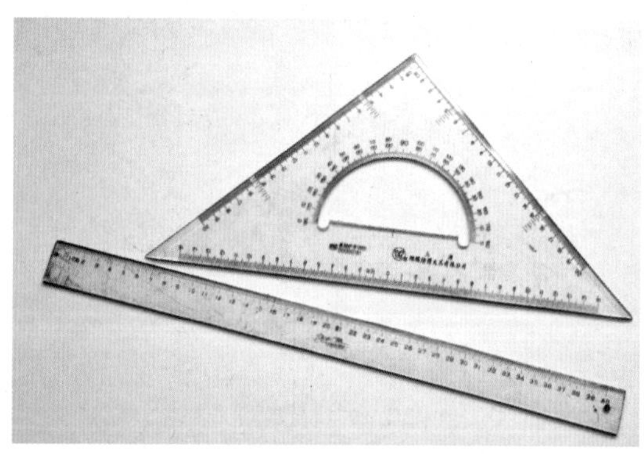
尺

铅笔：用于排版、画线、画写字格，硬度为 2H 适宜。

铅笔

炭画笔：“黑粉笔”的替代品，它在绘制粉笔画中是不可缺少的一种颜色。用来修饰粉笔写过和画过的多余或细微部分，炭画笔不能用来画格、画线和大面积修改版面缺陷。

刀：办黑板报需要施用许多技法，使用多种材料，这其中不乏要用刀来进行镂刻和切割，所以办黑板报必须要备好一把“美工刻刀”，它不但能解决前面提到的问题，还需要用它削铅笔、粉笔和揭字模等。

橡皮：用橡皮改错的优点是板面颜色不变、不留痕迹、随时改随时可以继续进行书写和绘画。用橡皮可以在绘制粉笔画中处理出特殊效果，可以用来清理板面卫生，以上几点优于抹布和其他修改工具。

炭画笔

橡皮

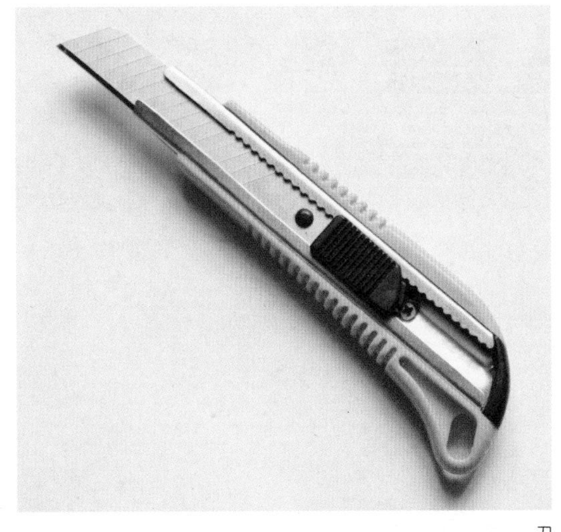
刀

抹布：抹布除了清楚痕迹之外还有一个特殊的功能，将抹布沾湿画出字体轮廓后用粉笔描边。字体呈现空心字体。若把字体外围进行装饰，字体就是黑色的了，若将内部涂上颜色，字体里面就为实心的了。除此以外即时贴、胶带、铁筛网、电吹风也是必备工具，具有相应的用法。

制作黑板报是很少用到电吹风的，它只是在运用黑板报特殊技法时，对板面所粘接粉笔或是粉笔末的黏合剂进行快速干燥。

颜料粉：颜料色不仅是黑板报色彩制作上的弥补，同时也是增强色彩的一种手段。但广告色容易与黑板的底色相融合，会降低广告色的色彩饱和度，绘制后不鲜艳。所

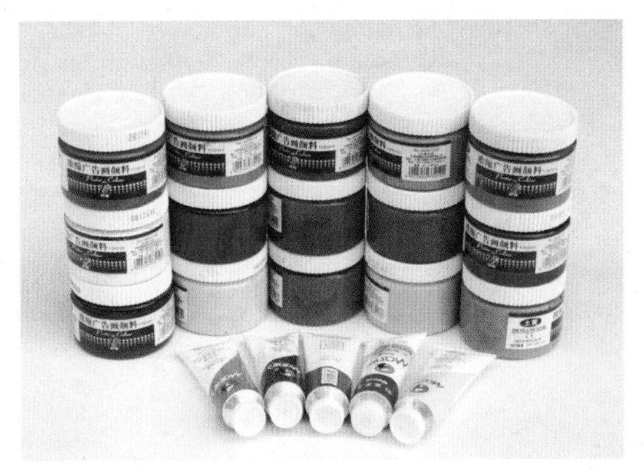
颜料粉

以比较适合在绿板上作画。

第二节　基本技法

1. 粉笔的技法

点绘法

一种用细小的彩点堆砌，创造整体形象的绘画方法。用色点堆砌，如同电视机显像的原理一样，利用人类视网膜分辨率低的特性，使人感觉出一个整体形象。

点绘法-2

单线画法

就是用单线条把形象的主要特征，简练概括地画出来。单线画法要求线条清晰，构图明确。画法步骤是：先画主线（即形体大轮廓线），然后再画副线（即形体结构线），最后用肯定清晰的线条勾画完成。

单线画法-1

单线画法-2

单线画法-3

单线平涂法

单线平涂法，就是用单线条与平涂的色块结合在一起表现形象，也称线面画法。这种画法比单线表现的形象更为丰富。单线平涂法要求有线有面，色彩有深浅、冷暖对比。画法步骤是：先用单线画出形象结构，然后根据不同需要，将某些部位平涂色块，最后用清晰的线条将没涂色块的部位重新勾画一下。

单线平涂法-1

单线平涂法-2

单线平涂法-3

色块画法

运用不同色彩的粉笔直接作画，在采用色块画法时，要重视色调的表现。

具体步骤是：先用炭笔或炭精条画出物象大体轮廓，要求选形准确，再画大色块，涂色要准确，最后刻画细部，可用炭笔进行修整，使画面更加统一完美，尽量避免反复加色。反复加色容易带下已画好的色块。

于兴秋绘

2.水粉画效果、油画效果的画法

这两种手法要求绘画者具有一定的绘画基础，作画通常是由浅色画起，结合手揉擦，产生过渡色，要求在不断的实践中提高绘画技能。

于兴秋绘 水彩画法

于兴秋绘 国画画法

于兴秋绘 点彩画法

3. 几种特殊技法

抹布

在黑板报绘制中抹布不是完全用来擦黑板的，它的主要功能是用来擦手上的粉笔颜色的。因为，在我们使用揉搓法进行绘画时，揉搓粉笔的手指会沾上各种颜色，如果要揉搓另一种颜色时，就必须要擦掉沾在手上的粉笔色彩，否则，画面的颜色就会弄脏，色彩效果就会降低。所以，在制作黑板报之前，准备好一块抹布是非常必要的。抹布的选择应以吸水、柔软、无污渍为宜。

于兴秋绘 油画画法

沾粉法

将彩色粉笔压成粉状，在黑板上涂抹胶水或糨糊后，再将色粉按照要求洒到板上，沾成图案。

于兴秋绘 综合画法

喷涂法

将粉笔调成稀糊状或用广告色，用牙刷或喷筒将色浆喷到黑板上，运用此手法时要制作遮挡片，将不需要上色的地方盖住，喷完色后拿下，就形成图案。另外，还有壁画制作中运用的洒粉法、粘贴法都可以在板报中运用，这里就不详细介绍了。

铁筛网的技法

铁筛网制作粉笔末是毋庸置疑的。但是，我们用它来制作粉笔末，并不是用来“筛”的，而是用来磨的。方法是：选择 2 ～ 3 毫米孔径的铁筛网，筛网下放置好盛粉器皿，然后，用手紧握粉笔用力在铁筛网上面来回摩擦，在铁筛网的磨削下，粉笔末就做好了。用这种方法制作粉笔末，速度快，粉末颗粒均匀，程序简单。在做粉笔植绒效果时，可直接将粉笔末刮削在要植绒的部位，这样做省时省力，效果也好。

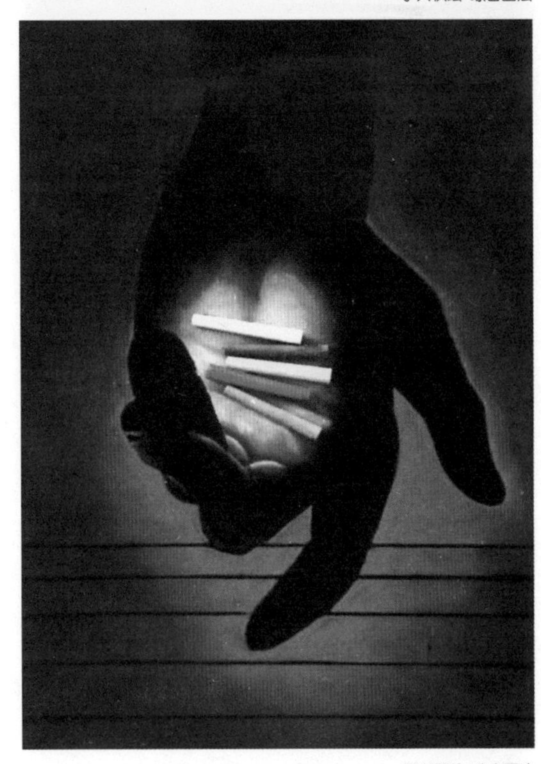

于兴秋绘 综合画法

转印贴的技法

即时贴，又称为“不干胶”，有塑料面基和金属箔面基两种，色彩种类繁多，通常使用的有 45 厘米宽和 60 厘米宽两种规格。即时贴主要是用来制作镂空标题美术字字模和图案漏模的。用即时贴字模制作主标题美术字和小标题字，字形标准、美观、干净，字体和色彩富于变化，而且还可用于其他特殊表现技法。所以，即时贴的主要功能是遮挡，而镂空的部分则是“形状”，是涂抹粉笔的部位。

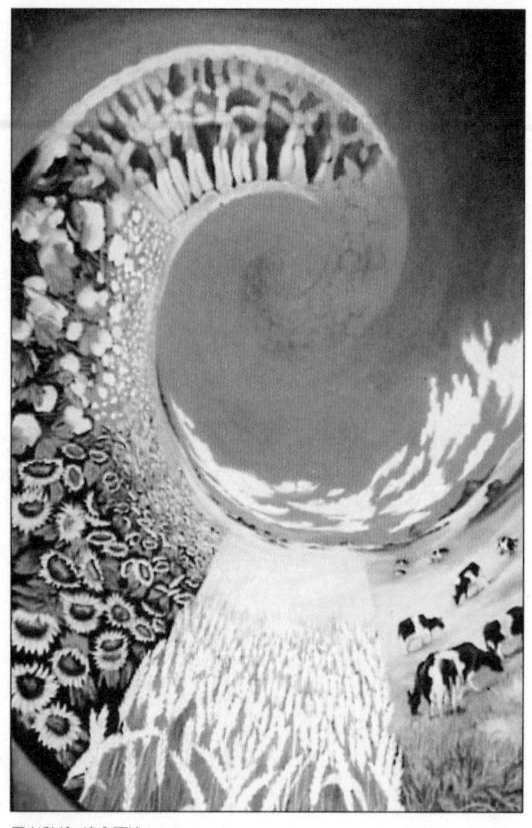
于兴秋绘 综合画法

于兴秋绘 综合画法

于兴秋绘 综合画法

于兴秋绘 综合画法

于兴秋绘 综合画法

第2章

构成要素

本章要点

- 文字
- 图形
- 色彩

在黑板报设计中，文字、图形、色彩等构成要素是决定黑板报优劣的主要因素，只有三者相互协调，才能创造出高品质的板报形态。

第一节　文字

行楷

在黑板报设计中，主要包括标题文字、题头文字、文稿文字等。在板报设计中要求美术字的形式感和内容要紧密结合，绘制时要紧密地与黑板报的设计内容相协调。做到生动、概括、突出表现文字内容的精神含义，增强宣传效果。文字的基本结构不要随意改变，其字形结构在服从人们的认读习惯的基础上适当装饰变化，使读者可以快速认读，争取最快地进行信息传递。美术字和其他艺术作品一样，应注意以其自身的艺术性去吸引和感染读者。

1. 标题的字体

标题的字体的形式感应与其内容紧密联系在一起，标题的字体可以根据文章的内容而定。或庄重，或活泼，具有强烈的思想性和感情色彩。选择好的标题可以增强标题的魅力，否则将会造成相反的结果。黑体、宋体等字体给人以醒目、庄重之感，行书、艺术字体等更能使画面生动活泼。

标题的字体结构要均匀，笔画要清晰。要注意通栏标题的字体须大些，文章标题的字体适当小一些。两种标题的字体大小，要根据版面来设计、书写，版面大的字体大些，版面小的字体小些。

综艺体

隶书

古隶

2. 题头文字

题头（即题花）一般在文章前端或与文章题图结合在一起。设计题头要注意以题目文字为主，字略大。装饰图形须根据文章内容及版面的需要而定。文章标题字要书写得小于报头的文字，大于正文的文字。总之，要注意主次分明。

3. 小标题文字

标题即题目，一块板报通常既有大标题也有小标题，标题要做到言简意赅，醒目耀眼，意义深刻。

4. 文稿字体

黑板报文稿抄写的字体，与标题的字体选择有根本区别。标题字体选择力求符合标题所表达的内容、思想、情感，尽可能与字体所具有的个性协调一致，而黑板报文稿的字体，选择的目的却在于使整个版面整洁便于阅读。所以一般选用扁仿宋、隶书、魏体、楷书、行楷。黑板报文字抄写是一个重要环节，抄写时不仅要注意字距、行距一般要求，而且要考虑黑板报的整体艺术效果。从整个版面看，框距大于篇距，篇距大于行距，行距大于字距，从整个板报篇幅看，侧距大于行距。上述各项具体比例多少，可参照报刊、书籍的排列比例，但无论多少，整版文字抄写格式和比例必须一致。

5. 美术字的特点及书写规律

仿宋体美术字

宋体分为老宋和新宋，老宋是从北宋（公元960—1127）刻书字体的基础上发展而来的。其特点端庄大方，古朴挺拔，结构紧密，笔画横平竖直，横细竖粗（横画的右边及横竖转角处有装饰角），点如瓜子、撇如刀形，点、撇、捺、挑、钩的最宽处均与竖宽相等，其尖锋短而有力。字形有正方形、长方形、扁方形等。

仿宋体美术字是模仿宋版书的一种字体，是由宋体字和楷书结合变化而来的字体。特点是刚劲有力，结构匀称，笔画横平竖直，横竖粗细一致，点如三角、撇如长刀形，起落笔均有顿角。字形有正方形、长方形、扁方形等。仿宋体很适宜排写小标题、展览会说明词，书刊中常用来排诗词古文等。

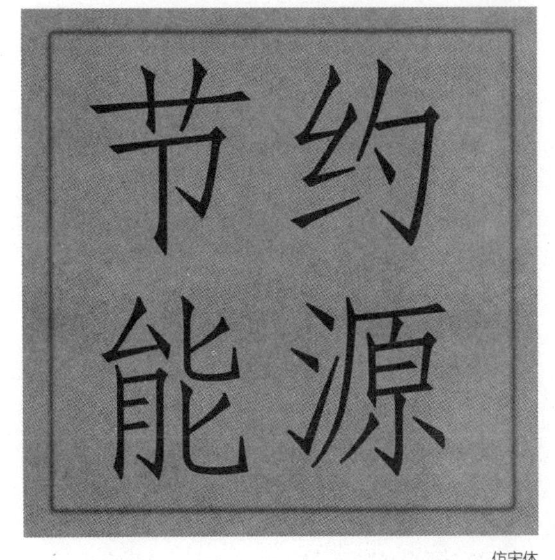

仿宋体

黑体

黑体美术字

其特点浑厚稳健，庄重有力，结构均匀，笔画横平竖直，粗细一致，方头方尾、端庄平稳，转角处不留顿角。字形多为方形、长方形等。很适宜书写大标语与路牌。

变体美术字

变体美术字可分为两类：报头美术字和商业美术字。报头美术字常常结合一些图案进行设计，变形比较大，经常起题图和尾花的作用。它是对宋体字和黑体字的字形、结构、笔画进行适当的加工、变化、装饰、美化而成的各种字体。特点是新颖别致、生动活泼、丰富多彩。笔画变化要简洁明朗、生动活泼、连贯一致，通常有装饰美术字、象形美术字、立体美术字和阴影美术字等。

变体美术字有独特的设计方法，大体可归类为几个方面：变体美术字在结构和形态上允许作者发挥自己的想象力，艺术地重新组织字形。变体字虽然可以摆脱一些笔画和结构的束缚，但一定要从内容出发，塑造出能体现词义和属性的字形。

外形的变化：把方字拉长或压扁。

笔画的变化：主笔画不变，副笔画变化。

结构的变化：利用夸张、缩小、移位、改变重心等方法。

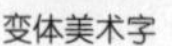
变体美术字

变体美术字

6. 美术字的书写方法

①规整方正、横平竖直：绝大多数的汉字的基本规律是横平竖直，结构是方形，所以美术字的外围要方正，笔画一定要横平竖直，摆正放稳，才显得端庄大方。但也有部分汉字打破了横平竖直的规律，比如："匕""也""七"等字打破了横画不垂直；"牙""互"等竖画不垂直。

②画面匀称、均衡构图：在安排美术字的结构时，要使字体的笔画分布匀称，合理协调。如果笔画或大或小，或紧或松，就会造成字体松散或者拥挤。主要包括以下均衡，左右对称的均衡、非对称的均衡、图底的均衡。

③穿插争让、参差变化：在美术字的笔画中有许多笔画和部首存在穿插关系，为使笔画中心稳定结构合理可将部分笔画延长，穿插有序，争让合理，根据需要也有部分笔画向后退让一步。

④适度调整、分清主副：汉字书写的过程中部分字体容易出现视错觉，这是心理作用和生理现象的反应，在书写的过程中，方形的字特别是带框的字需要笔画向回收缩，如"国""团""山""司"等字。同时三角形和菱形的字体在书写以后会在视觉上显小，所以可将其点、撇适当地出格。同时在汉字书写的过程中决定汉字的骨架和外形边框的笔画是主笔，其余的为副笔，主笔在画面中若能安排妥当，字就写好一大半了。先主后副，先整体后局部。

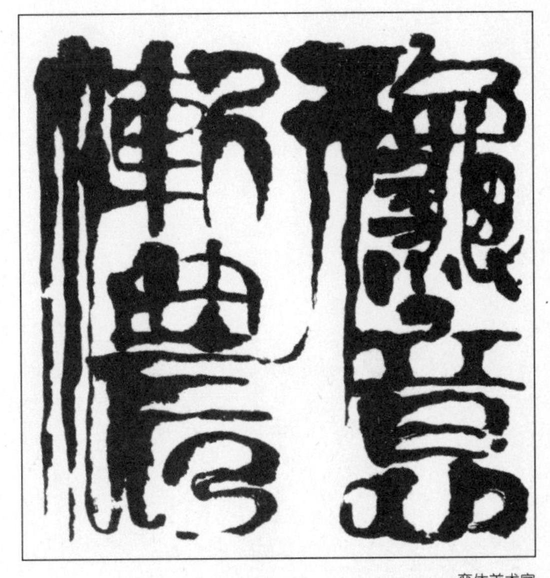
变体美术字

7. 美术字的书写步骤

构思：根据版面和字数的要求确定字体及字体的大小，字体应能反映文字所表达的精神面貌。

打格：根据所空的空间确定字体的大小，要考虑字距与行距以及整篇文字在空间中的安排。

起稿：轻轻勾出字的单线结构，加粗字的各个笔画。

上色：用颜色或粉笔勾勒基本形态后填充上颜色。

修整：上色后如字体有瑕疵，请用粉笔或水粉进行精细的刻画。

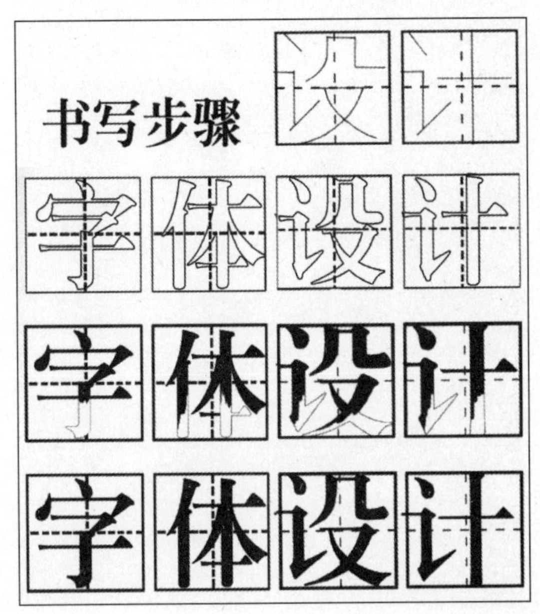

美术字书写步骤

第二节　图形

图形设计在黑板报设计中起到至关重要的作用，主要包括报头中的主题图形设计，花边、插图与尾花的设计。黑板报的图案设计其中涵盖了图形设计中的四大变化、二方连续、四方连续、适合纹样、边缘图案等方面，掌握其设计方法与形式美法则对黑板报的图案的自主创新能够起到积极的作用。

报头

花边

1. 图形变化方法

在设计中可以将具象的图形运用设计的手法提取其最美最生动的部分，将其强化，给予加强和减弱，使之成为符合装饰要求的纹样。其方法大致可以归纳为两种：一种是写实变化，一种是变形变化。前者以自然形象为主抓住其规律给予适当的取舍，保留其完美的特征；后者可充分发挥自己的想象力，对物象进行夸张和取舍，但要不失其固有的特征。报头设计中的主题图形包括人物、风景、动物、植物等，可通过夸张法，突出对象特征，使其形象鲜明，装饰性强。或者用提炼的手法，删繁就简，高度概括，突出主题。同时还可以采用象征的手法，在创作过程中可以不落俗套，更加突出主题的中心思想，并增加其观赏性、强化其视觉冲击力。

2. 几何图形与花边的设计

黑板报作为一种特殊的报纸，就像书籍的封面一样，首先映入读者眼中、吸引读者的大概要数报头了。 报头一般由主题图形，报头文字和几何形体色块或花边而定，或严肃或活泼、或方形或圆形、或素雅或重彩。因为在黑板报整个版面中，报头占据着注意价值较高的部位，并占相当大的版面比例。而且报头是以图为主，用彩色粉笔或其他颜料配制而成，最为醒目，因此报头设计与制作相当重要。几何图形可用单线条或色块构成，报头的外形和基本色调、花边则对报头起装饰美化作用。花边设计中大量地采用了二方连续的设计手法，即一个单位纹样向上下左右两个方向反复连续循环排列，产生优美的、富有节奏和韵律感的横式或纵式带状纹样。组织形式主要有以下几个方面：散点二方连续纹样、形态如波浪状曲线的波线式二方连续、具有明显的运动推动效果的折线式二方连续，以及几何连缀式二方连续适合纹样等。报头除上述几个部分组成外，还应配写主办单位、出版日期、刊出期数等有关字样。

3. 插图与尾花设计

插图是根据内容及版面装饰的需要进行设计，好的插图既可以美化版面又可以帮助读者理解文章内容。插图及尾花占的位置不宜太大，否则容易显得空且乱。尾花大都是出于版面美化的需要而设计的，多以花草或几何形图案为主。插图和尾花并不是所有的文章都需要的，并非多多益善，应得“画龙点睛”之效。

4. 报头与主题设计

报头图画和文字形象应该准确地反映黑板报的主题思想，使人快速地了解本期黑板报的主旨，同时报头设计也应该与本单位的工作性质相联系。总之，报头一要为黑板报内容服务，烘托中心、突出主题、增强宣传效果；二要结合本单位性质，使之具有自己的特色。一般情况报头应根据每期的内容进行更换，内容更换频率高的也可以几期一换。

于兴秋绘

于兴秋绘

第三节 色彩

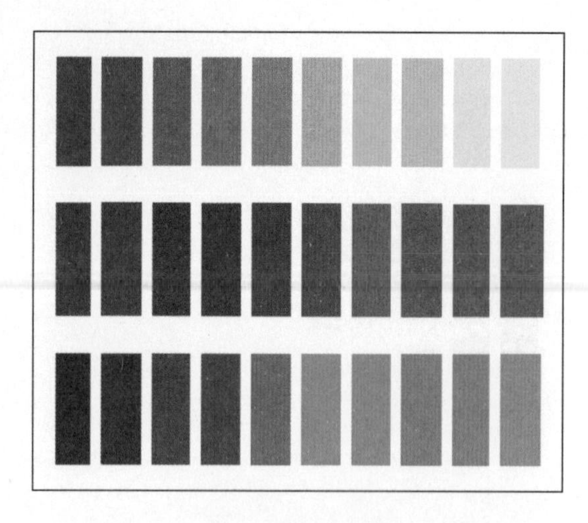

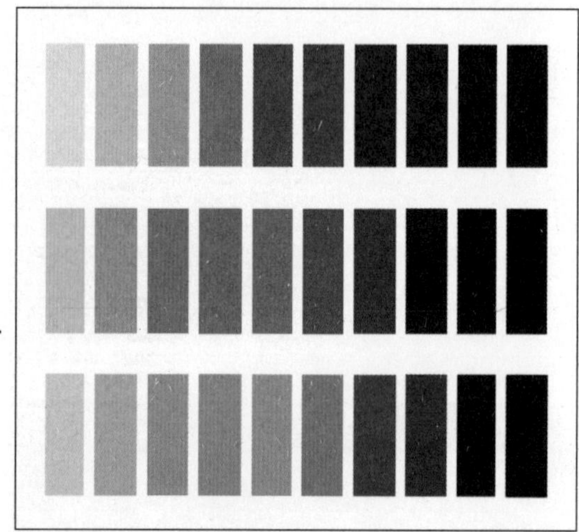

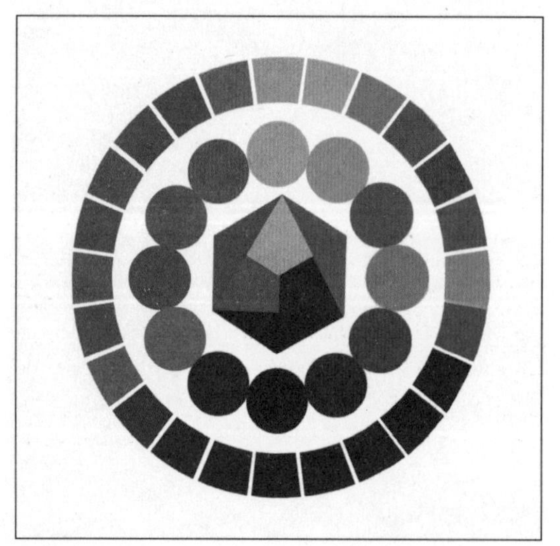

色相环

1. 色彩的基本原理

色彩是人的视觉元素之一，没有光就没有色彩，任何色彩都具有三种属性，即明度、纯度、色相，这是色彩设计中最重要、最基本的要素。

明度是指色彩的明亮程度，是全部色彩都具有的属性。色彩的层次与空间关系主要是通过明度来表现的。纯度是指色彩的纯净程度、鲜艳程度，也叫饱和度。色相即色彩的相貌，是用来区别色彩的种类而对其进行命名的。

2. 色彩的作用

运用色彩的目的是，吸引读者的注意，唤起读者的情感，给人以真实而良好的第一印象，给人的记忆里留下深刻的印象。完善版式结构：在黑板报设计中通过连贯和谐的色彩运用可以突出主题、明确目标，在表现等级上与文字、字体笔画的粗细、大小，以及位置相提并论。突出版式重点：把版式的各个方面相互连接起来，暖色使颜色突出、冷色使颜色后退。

3. 色彩运用的规律

首先，根据板报内容，确定总体色调。色彩效果的倾向，是表达充满活力，还是庄重宁静的；是热烈欢快，还是含蓄深沉的；是富丽堂皇的，还是朴实素雅的。

其次，要注意色彩的整体效果。既有调和又有对比，才能产生良好的总体色彩效果。使人感到美的力量，既统一调和，又要对比变化，是正确处理好色彩对立统一辩证关系的原则。

色彩包括有彩色和无彩色两种。黑板报版面的色彩主要通过标题、报头、题花、尾花、插图、框线及版底装饰构成。而白板和黑板属于无彩色，不在其列。黑板的版面色彩主要根据板报设计任务的要求进行设置，大体分为两个方面，即冷色系和暖色系。当要表达的主题思想喜庆而活跃，积极而向上，色彩尽量以暖色为主，反之可运用冷色系。

①明确主题的中心思想确定基调。当黑板报的题意是热烈的、喜庆的，版面的整体色彩就应该以红色、黄色、橙色为主要色彩，同时在不影响主题色调的同时加以辅助色彩来丰富画面。最终达到整体版面的统一和谐，强化主题增强色彩的视觉冲击力。

②运用色调来设置整体版面的色彩关系。色调是色彩外观的基本倾向，在明度、纯度、色相这三个要素中，某种因素起主导作用就可以称之为某种色调。黑板报色彩的各个组成部分在版面上虽然是单独的色彩个体，但它们显示在黑板报上却应该是互相联系、相互作用的统一形象。在统一色彩时要注意色彩的对比与调和、节奏与韵律、强弱与次序。做到版面色彩协调稳定，在变化中求统一。

③从色彩倾向看，明度高，彩度高，暖色系统的颜色，注目价值高，对读者视觉冲击效果明显。暗色、彩度低、冷色系统的颜色注目价值较低，对读者的视觉冲击效果也弱，另外，注目价值大小取决于背影与图形颜色明度。

于兴秋绘

于兴秋绘

4. 色彩的情感

色彩对人的情感调节作用，已被无数的研究所证明。这是从色彩的情感共鸣和象征意义的两个功能来说的，因为色彩最容易给人们留下记忆，它可以引发人们意识中的某种情感，使人们在潜意识中对五光十色的自然界产生一种心理折射。目前市场上常见的多种彩笔很适合中小学生应用，它具有笔触细腻、饱和、圆润、色彩鲜艳等特点，但其色彩的运用要考虑到读者。

各种色彩的特点和象征意义如下：

色　相	情绪感觉	象征意义
红	喜庆、热情、吉祥	革命、庄严、警觉
黄	明亮、愉快、娇嫩	希望、高贵、轻薄
蓝	宁静、清凉、伤感	和平、博大、冷淡
白	素雅、肃穆、凉爽	纯洁、崇高、清高
黑	厚重、恐惧、神秘	严肃、悲哀、内向
绿	健康、向上、滋润	安全、青春、生机
紫	妩媚、优雅、孤独	贵重、神奇、魔幻
橙	炽烈、欢乐、奔放	温暖、神化、躁动
灰	含蓄、俭朴、沉着	沉默、高雅、空虚
褐	稳健、古朴、典雅	大方、孤寂、苍老
金	神圣、威严、华贵	富有、尊敬、珍重
银	清雅、高贵、稳健	脱俗、圣洁、自傲

第3章

版式设计

本章要点

- 设计原则
- 设计规律
- 版型种类

黑板报版式设计主要包括文字、插图、装饰图案等，其组合形式是否精彩主要取决于各元素之间的组合关系。要遵循设计的基本原则、艺术规律，了解版型种类，从而创造出新的排版形式，使内容与之有效地结合。

第一节　设计原则

版式设计的基本要求：版式设计的最终目的是完善版面的阅读功能。清晰性、易读性、和谐性是版式设计的基本要求。

1. 版面设计清晰性

黑板报设计中有很多的因素复杂交错，版面运用的设计元素也很多，在设计各个元素的过程中，尽量做到简明扼要，主体层次清晰，主要内容鲜明，使观者一目了然。因为黑板报的版面有限，为了在有限的版面上呈现更多的内容，需要对摘录或原创的文章进行编辑，或去粗存精，或对原始文章缩写。明确本期黑板报的主要内容是什么，选用有一定意义的报头（即报名）。一般报头应设计在最醒目的位置；报头处要标明黑板报期数。

清晰性

2. 版面设计易读性

作为主体的文字或图片，在版面上均有各自的位置，每一种版式设计处理都有不同的含义。但是无论是前与后、主与次、分与合的安排，还是大与小、轻与重、黑与白的分布，所有的版式设计手法在原则上都是平等的。它们的运用是为了版面的易读性，为了读者能有“选择”有“区别”有“秩序”地阅读。

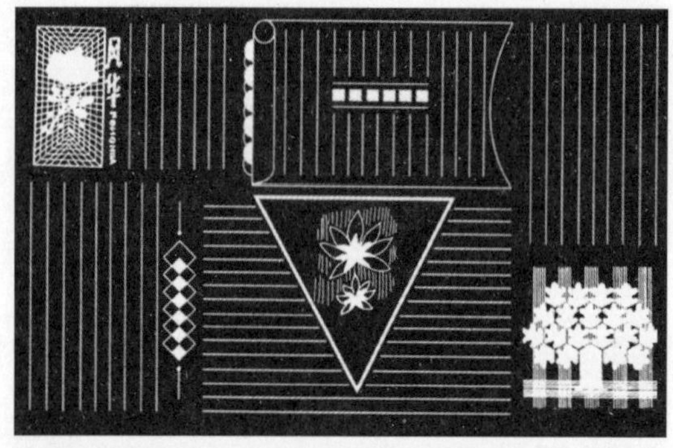

易读性

3. 版面设计和谐性

在黑板报设计中各种设计元素要彼此呼应、息息相通、和谐一致。正确地运用版式设计的艺术规律，达到形式与内容、局部与整体的完美一致，生动、有序、和谐的版面能给人一种阅读上的愉悦。排版还须注意：字的排列以横为主以竖为辅，行距要大于字距，篇与篇之间要有空隙，篇与边之间要有空隙。文字一定要清楚端正，以楷书和行书为主，正文大小要一致，文字风格尽可能统一。另外，报面始终要保持干净、整洁。

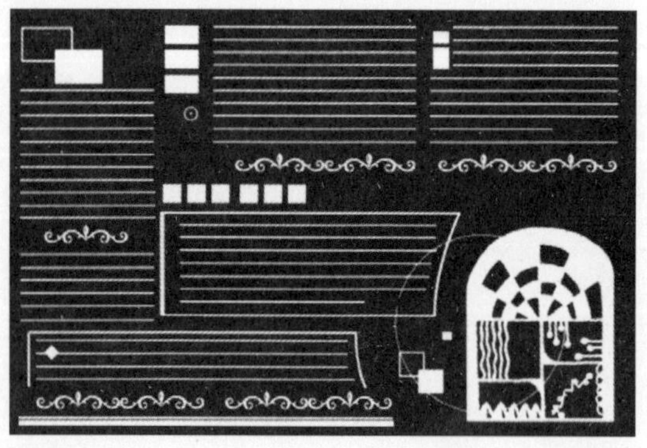

和谐性

第二节　设计规律

1. 对称与均衡

对称是同等量的平衡，均衡是变化的平衡。前者的特点是稳定、整齐、庄重，但也会使人感觉到单调、呆板。均衡是不对称的平衡，可弥补对称之不足，它既不破坏平衡，又在同形不等量或等量不同形的状态中使平衡发生变化。从而达到一种静中有动、动中有静的条理美和动态美。

2. 比例与尺度

比例在版式设计中是指整体与局部，局部与局部以及某一整体与其他整体在大小、长短、宽窄、轻重等方面的数量关系。尺度与比例是形影不离的，没有尺度就无法具体地判断比例。和谐、完美的效果依赖于合适的比例与尺度。

3. 对比与调和

对比即强调差异性，着意让对立的要素互相比较，产生大小、明暗、黑白、轻重、虚实等的明显反差。调和是使两种或者两种以上的要素具有共性、相辅相成，即形成差异面和对立面的统一。对比与调和规律的运用可以创造不同的视觉效果与设计风格。

4. 节奏与韵律

节奏是按照一种条理和作重复、连续排列面形成的一种律动形式，在设计中有规律的重复和对比因素的存在是节奏产生的基本条件。如文字既有等距的连续也有渐变、大小、长短、高低等不同的排列。韵律可看做节奏的较高形态，是不同节奏的美妙而复杂的结合。节奏存在于一般的版式设计之中，而韵律只属于那种成功的设计作品。要注意长短文章穿插和横排竖排相结合，使版面既工整又生动活泼。

5. 变化与统一

变化与统一的结合是设计构成的最基本的要求。变化是一种智慧、想象力的表现，可造成视觉上的跳跃。版面

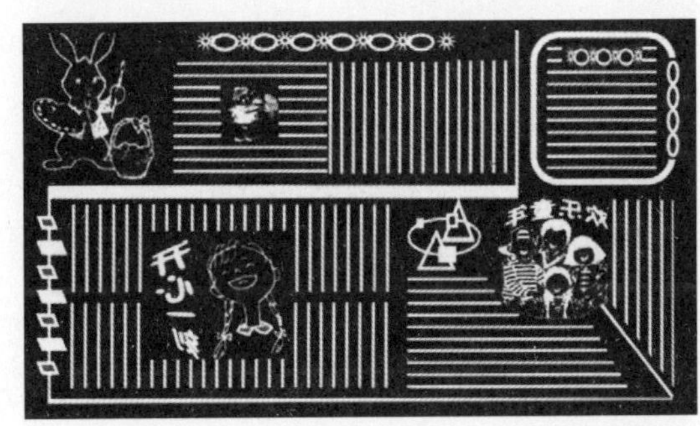

对称与均衡

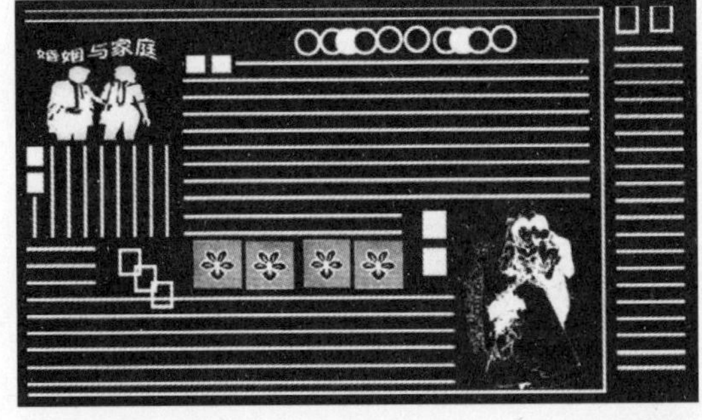

比例与尺度

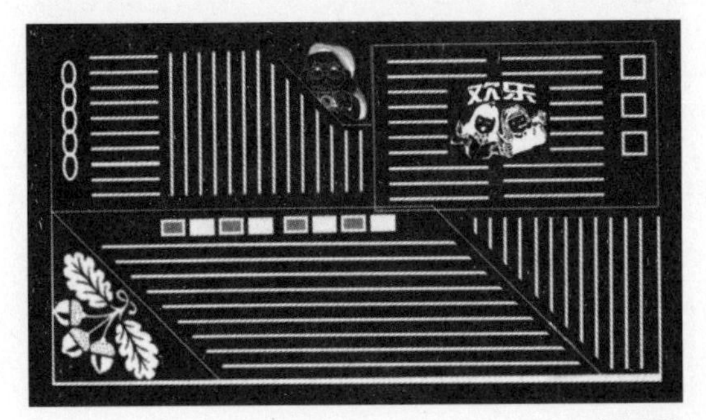

对比与调和

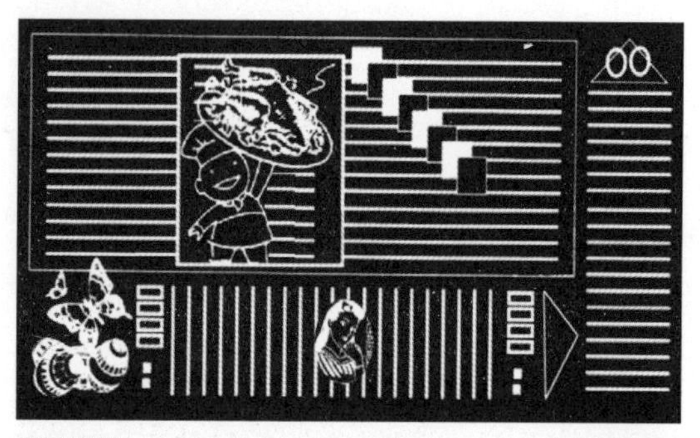

节奏与韵律

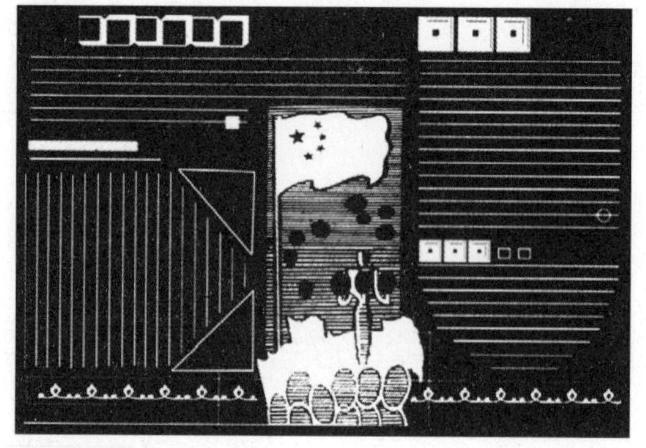

变化与统一

的统一，由形象、色彩、线条、明暗、大小、群化、集结、辐射等的配合而产生，为使版面达到预想目标所做的连贯性表现。

黑板报的版面分割，即根据黑板报所选文章篇幅进行版面分割设计，恰当地确定各图文块的位置。文块形状的设计可据各人爱好，采用方形、圆形、半圆形及扇形、多边形或任意形，也可将各文块进行有趣的排列，如交接状排列，叠影状排列并处理好文块形状大小变化，增强版面整体的生动活泼感。但也要注意版面分割不可太碎，给人以凌乱之感。

第三节　版型种类

在版式设计中要做到，主题明确，使人一望便知中心内容。重要文章安排在版面最醒目的位置。版面醒目，远看成块，近观成行，图文并茂，色彩明朗，抄写整齐，具有整体效果。

黑板报局部构成可分为三种形式：块式结构、隔框式结构、两种形式的融合。块式结构是根据设计和排列变化而产生的各种形状；隔框式结构，是以框线、花边、隔线区分出来的一种形状。将两种结构有效地结合，也经常作为一种版式方法。

若从形式美法则来讲，其主要形式还可以分为对称均衡和非对称均衡。对称均衡，就是以整体版面的中心做横轴、竖轴或斜轴线划分版面的结构和形状。其形式有上下对称、斜角对称、四角对称等。非对称均衡，是指版面无中心和轴线的概念，黑板的版面结构、局部结构和形状以及版面划分是按照自己的意图进行编排设计的。这种版面随意灵活。

版式的种类包括：报头展开型、对称均衡型、阶梯型、经纬型、倾斜型、中心辐射型、专刊型、综合型等。了解和掌握版式设计的基本规律，就能自如地进行版面的编排。

1. 报头展开型

报头为开放式，配以相应的题头、尾花，版面活泼，浑成一体。

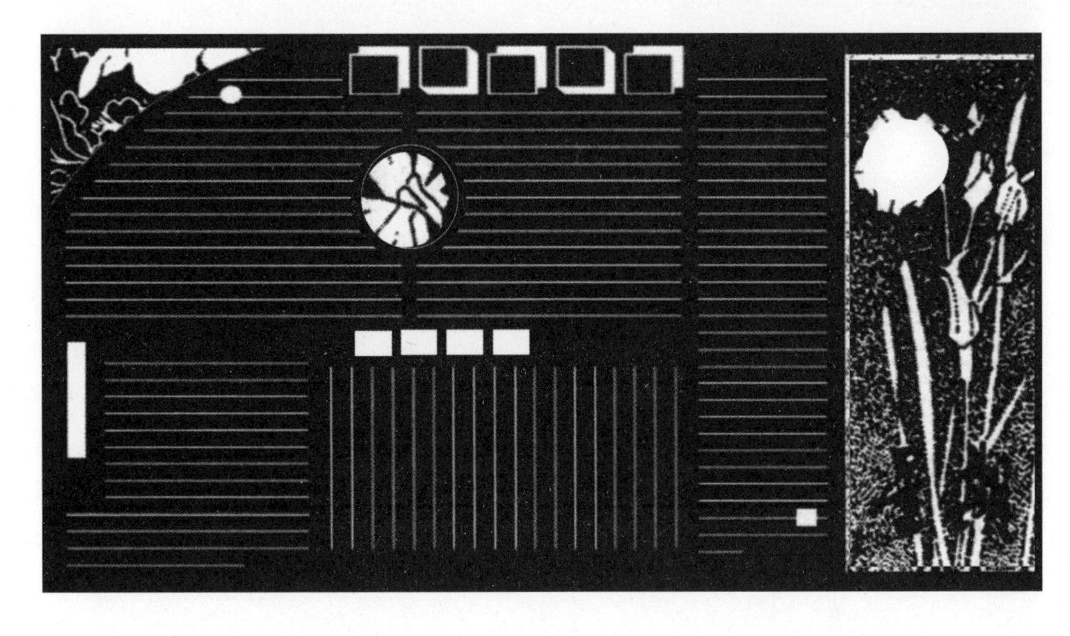

12
9
3
6
竞技场

现代女性

滴水潭

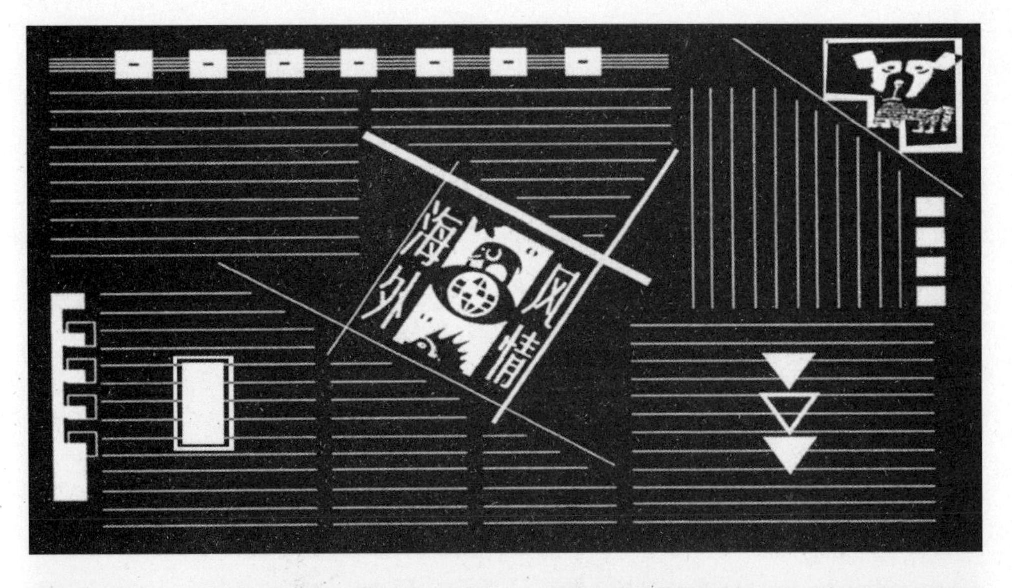
海外风情

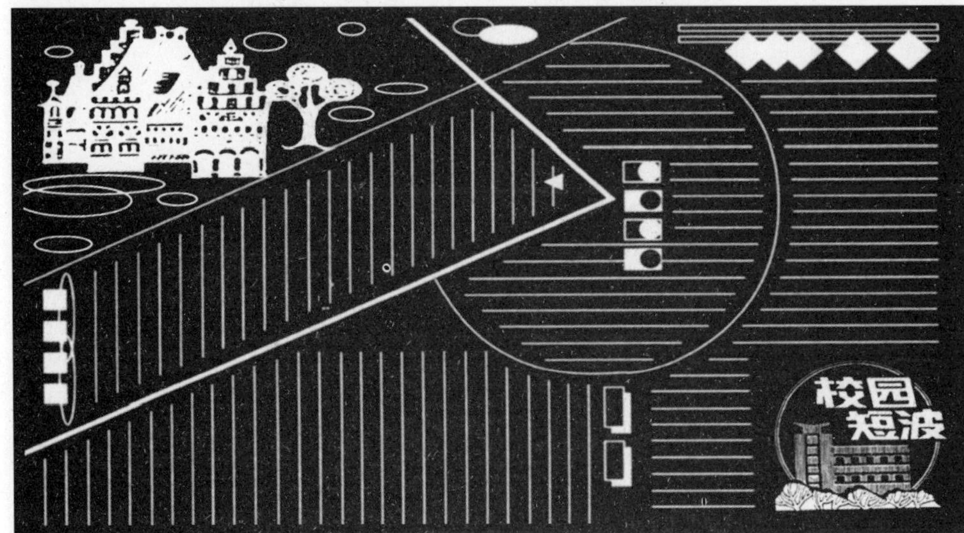
校园短波

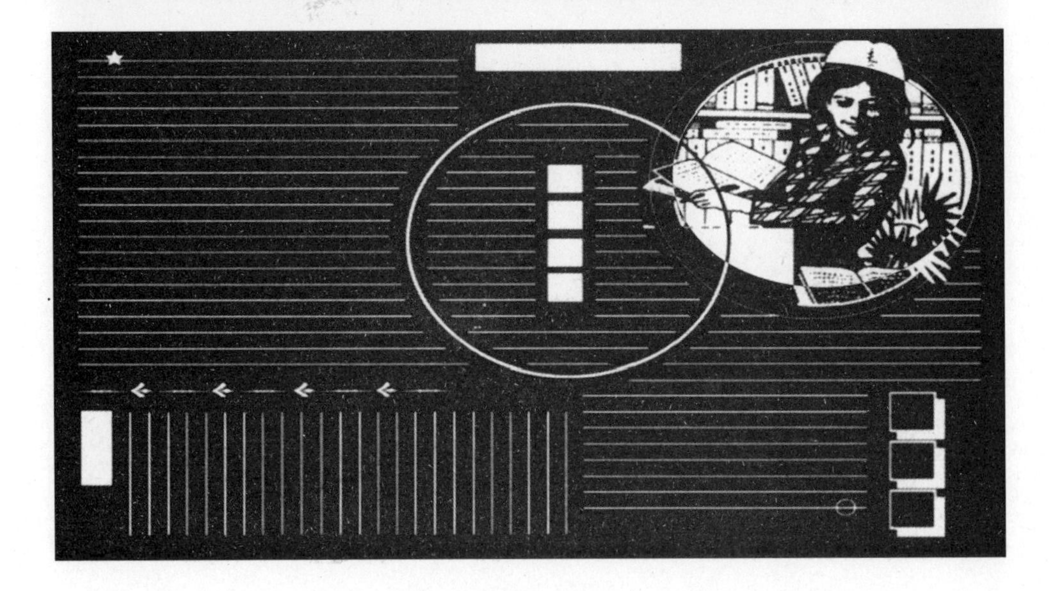

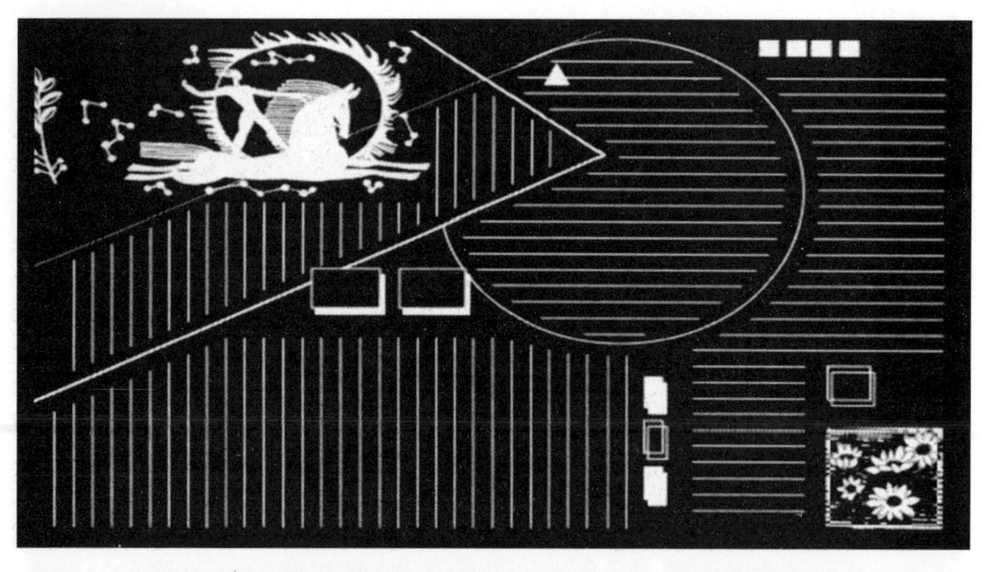

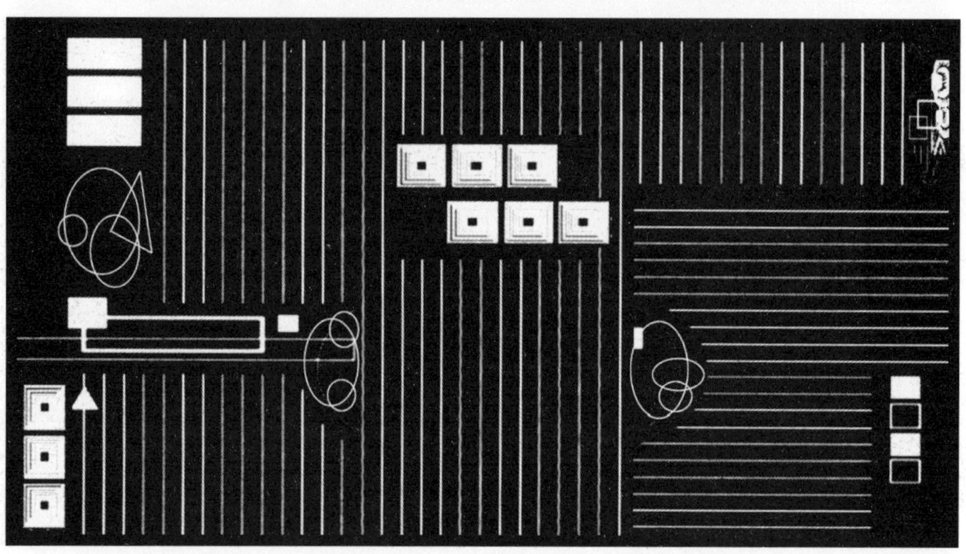

七一特刊

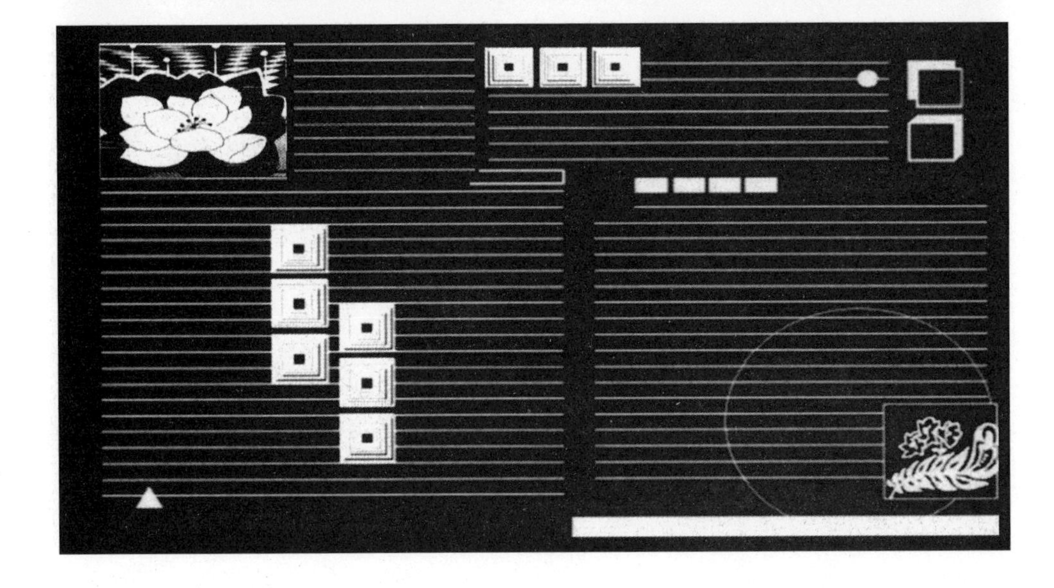

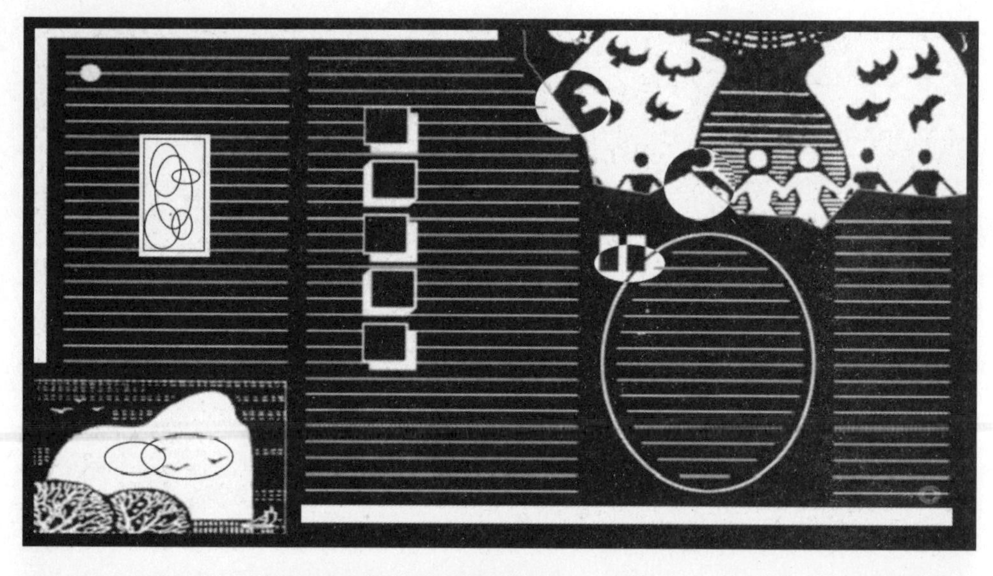

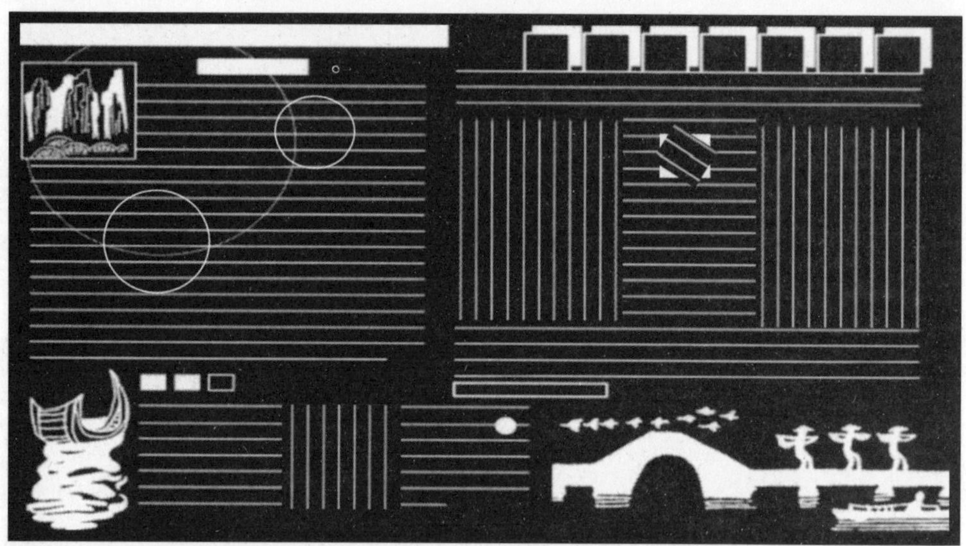

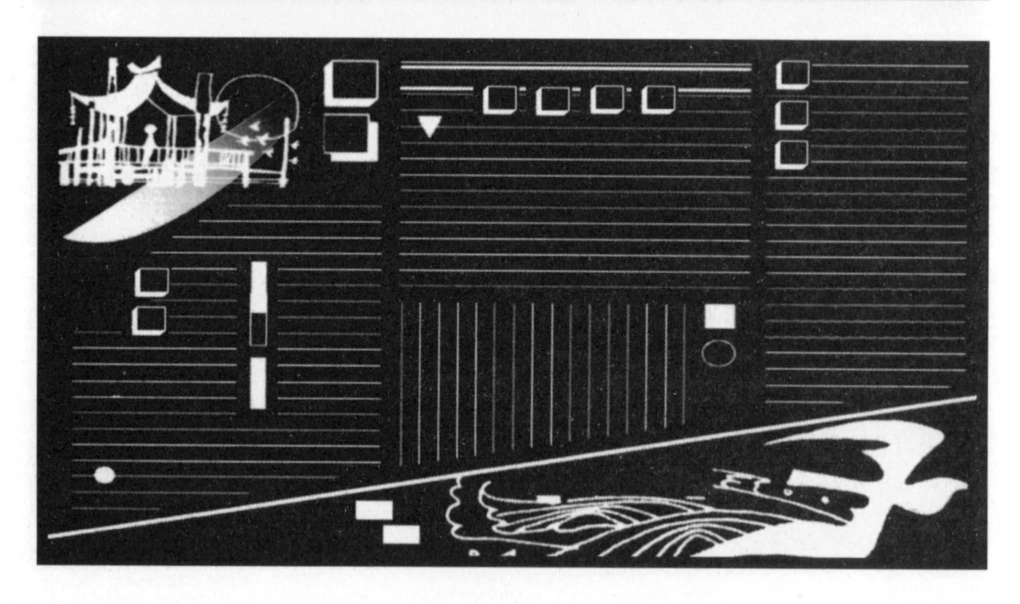

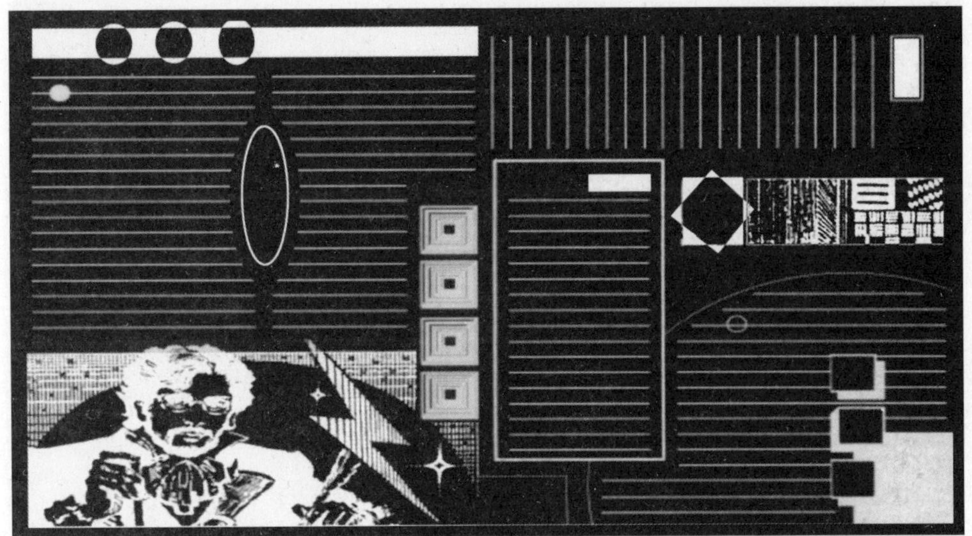

2.对称均衡型

对称均衡，就是以整体版面的中心做横轴、竖轴或斜轴线划分版面的结构和形状。

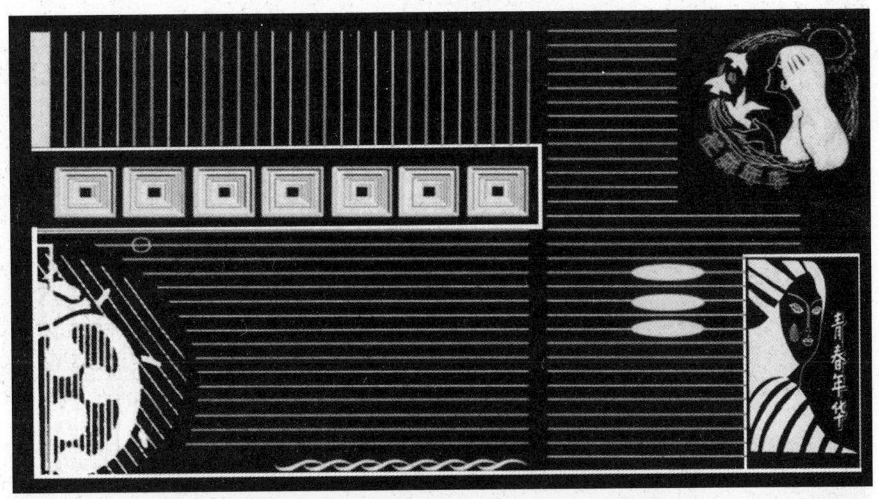

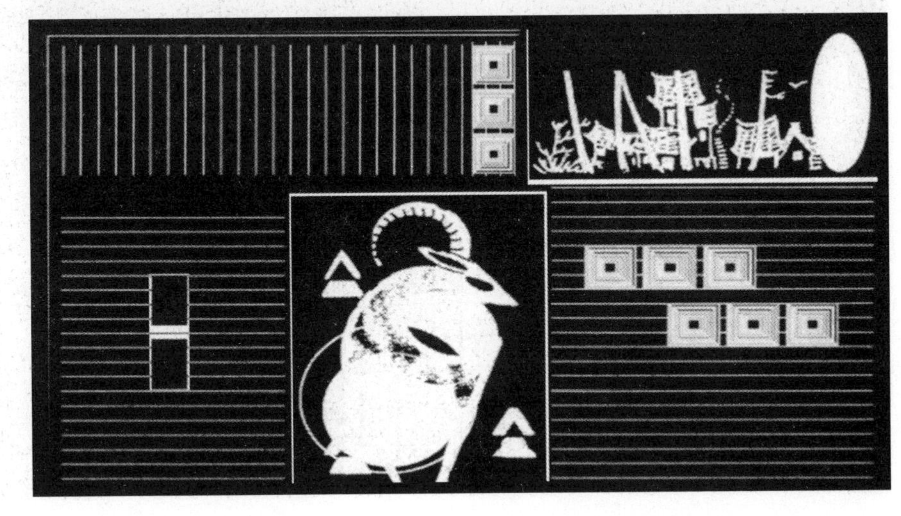

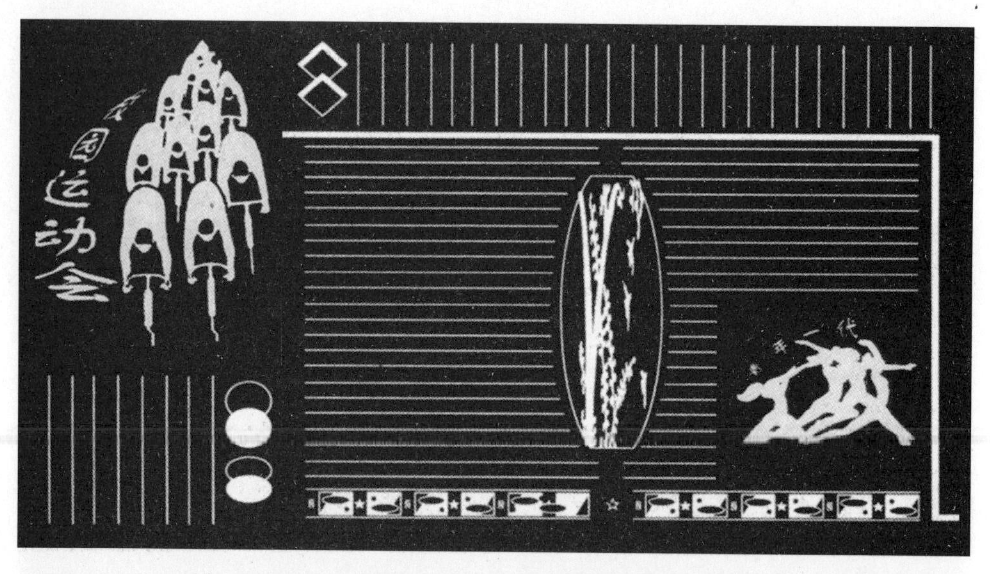
运动会

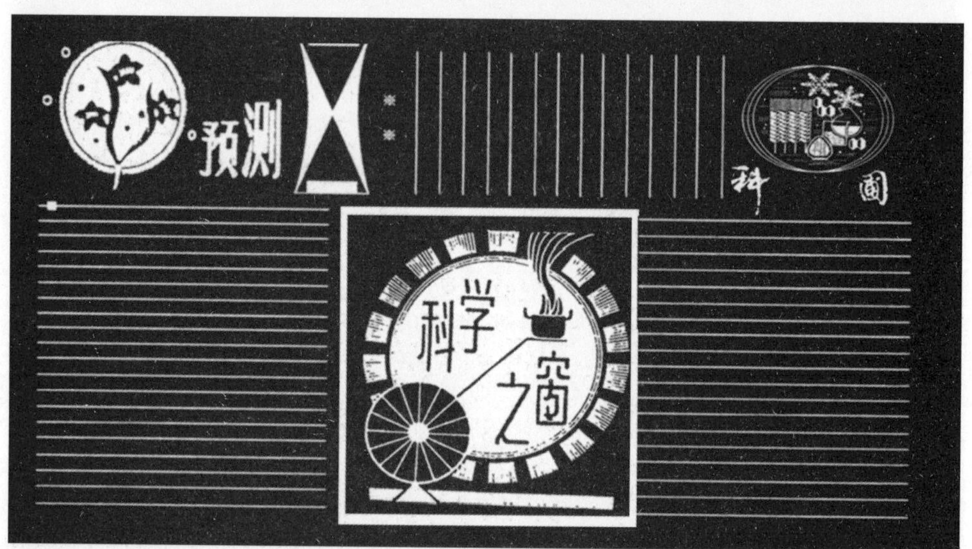
预测
科学之窗
科园

小队园地

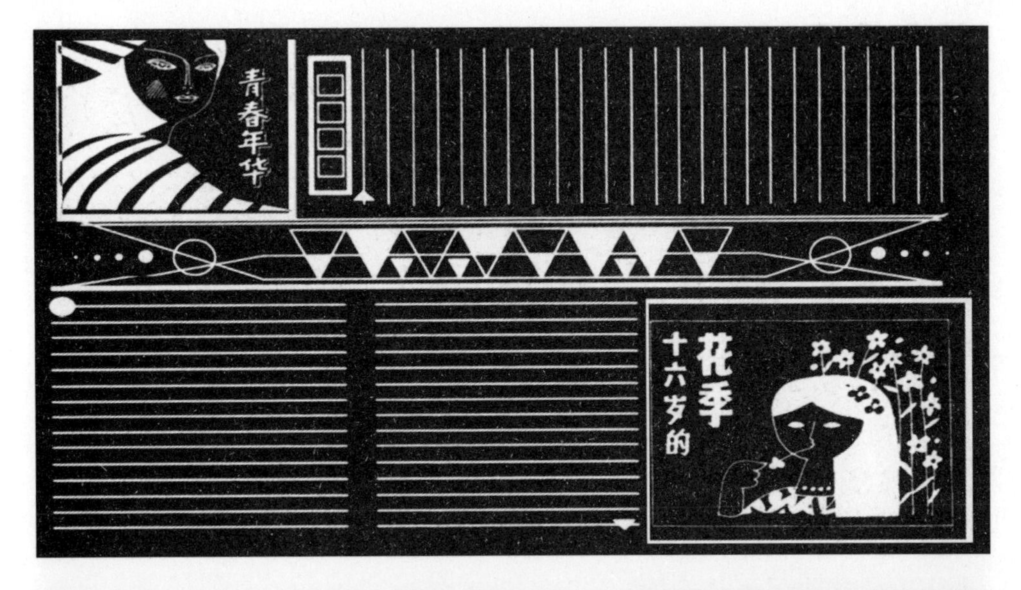
青春年华
花季
十六岁的

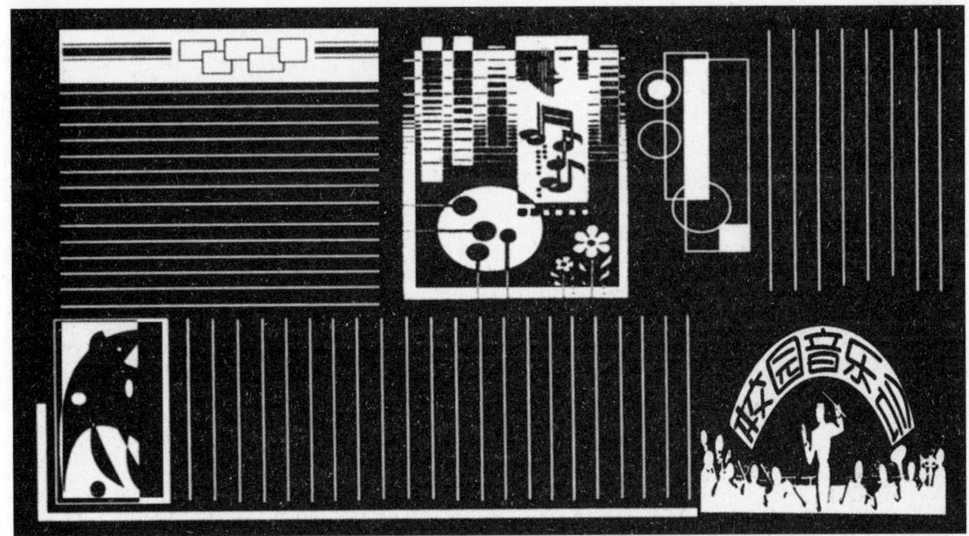
校园音乐会

欢庆教师节

学理论
XUELILUN

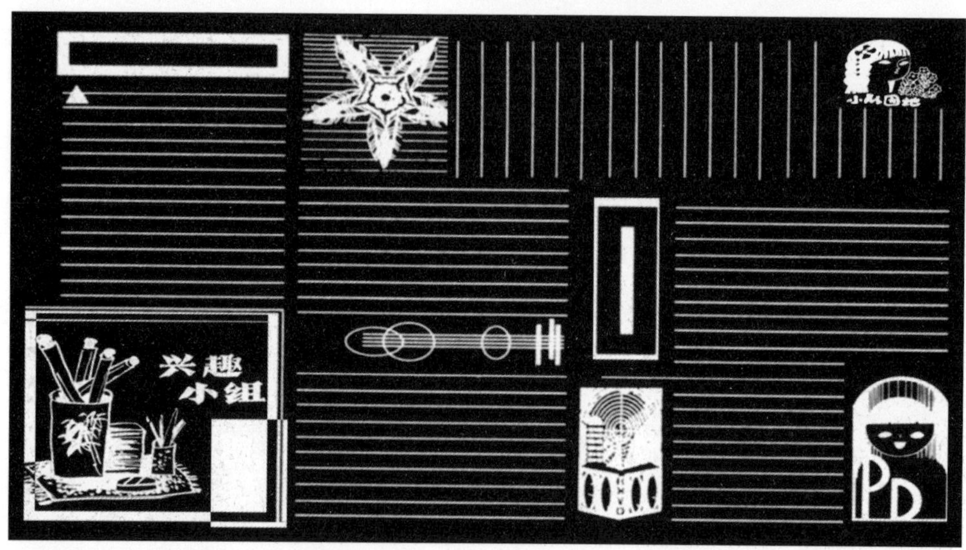
兴趣小组
PD

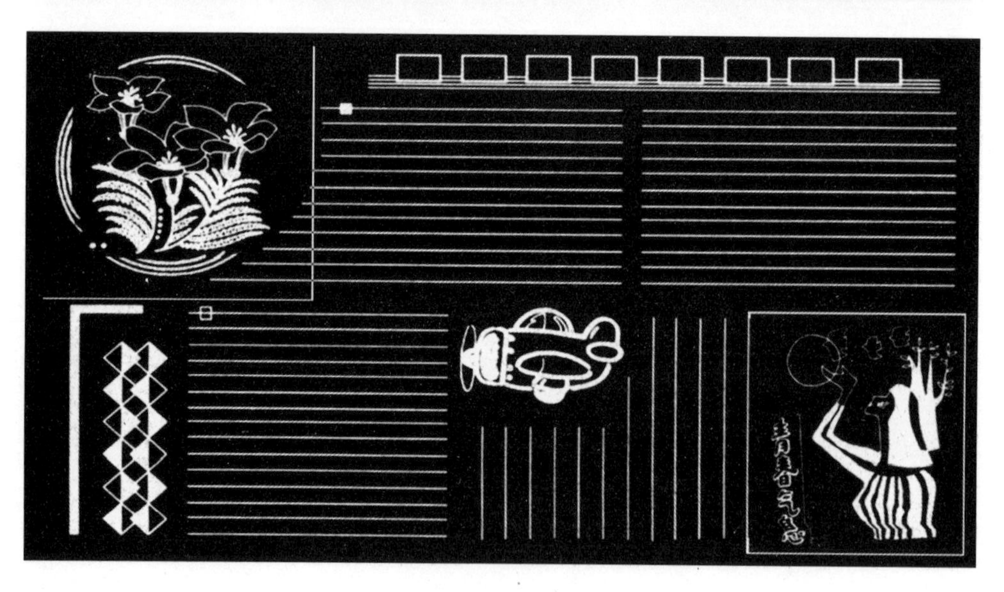

追踪
ENGLISH WEEK
英语周

兴趣小组
科学之窗

放飞

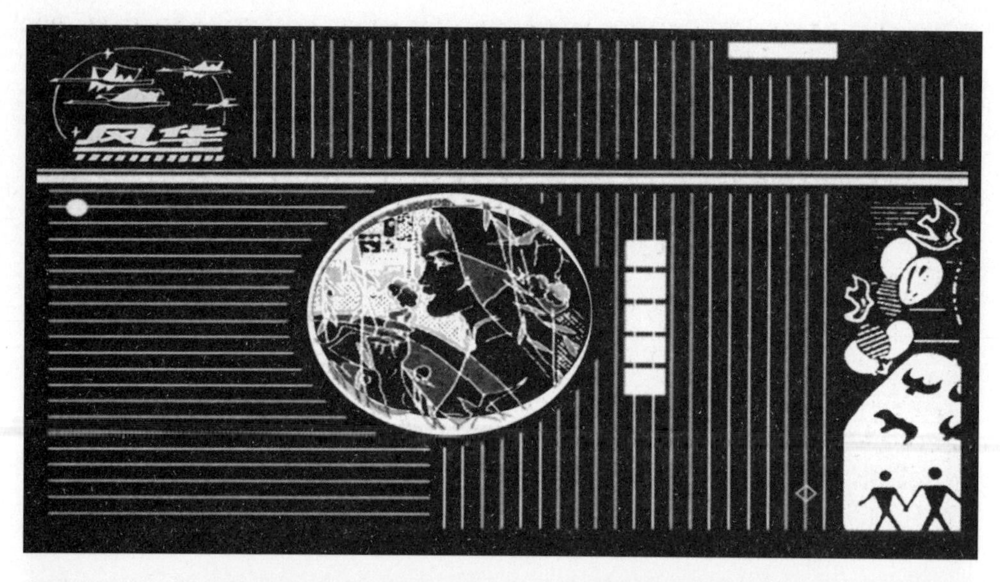
风华

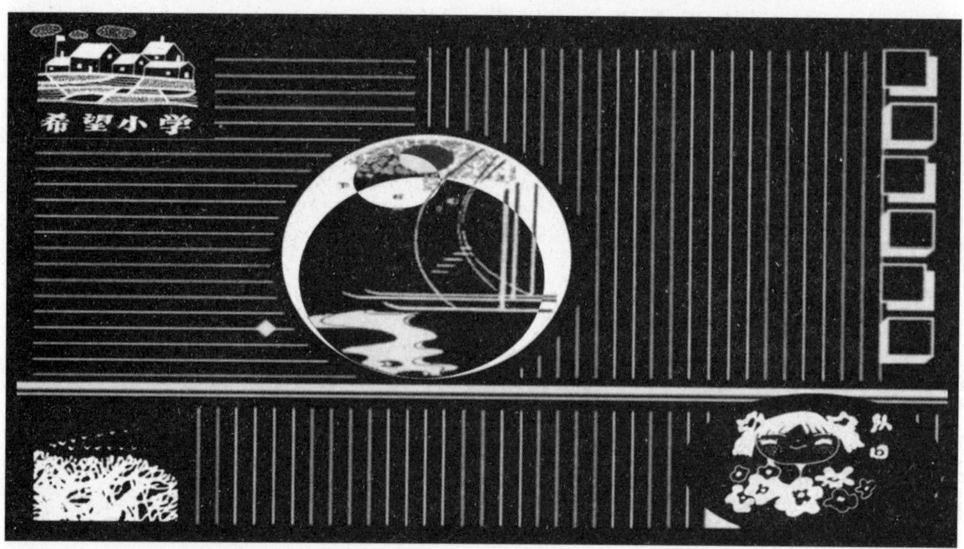
希望小学

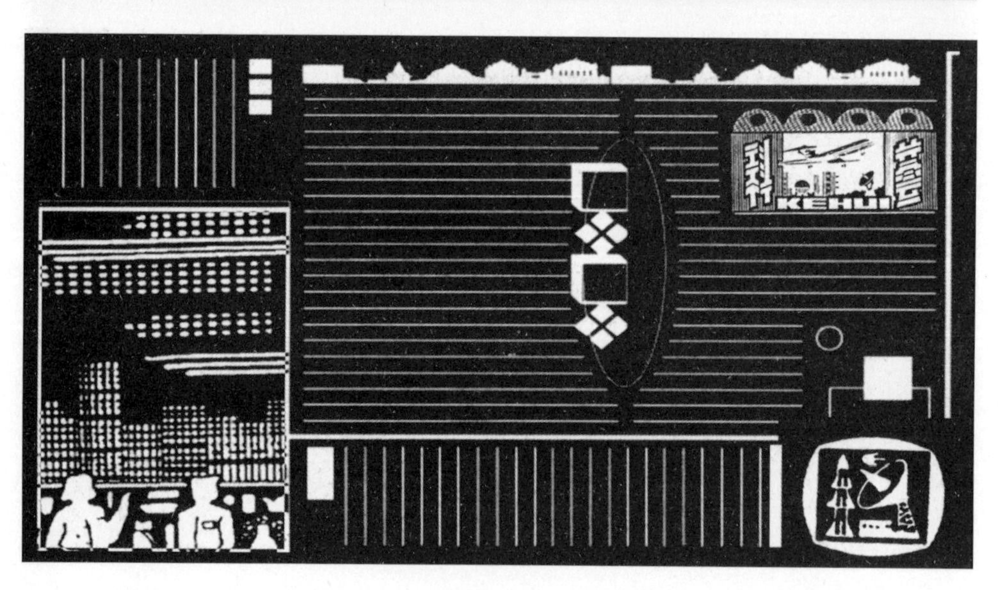
KEHUI

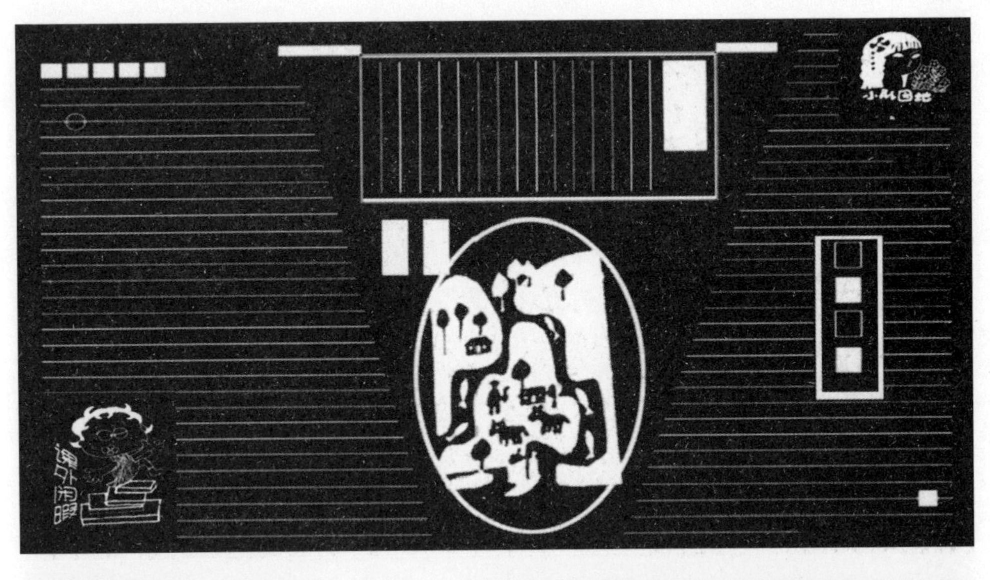

行千里读万卷

校园
短波

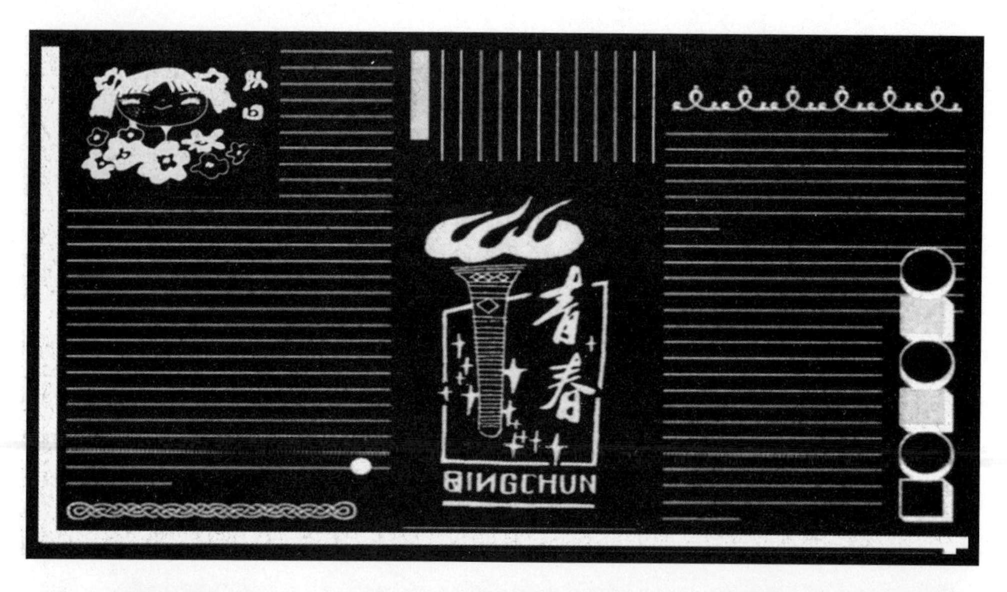
青春
QINGCHUN

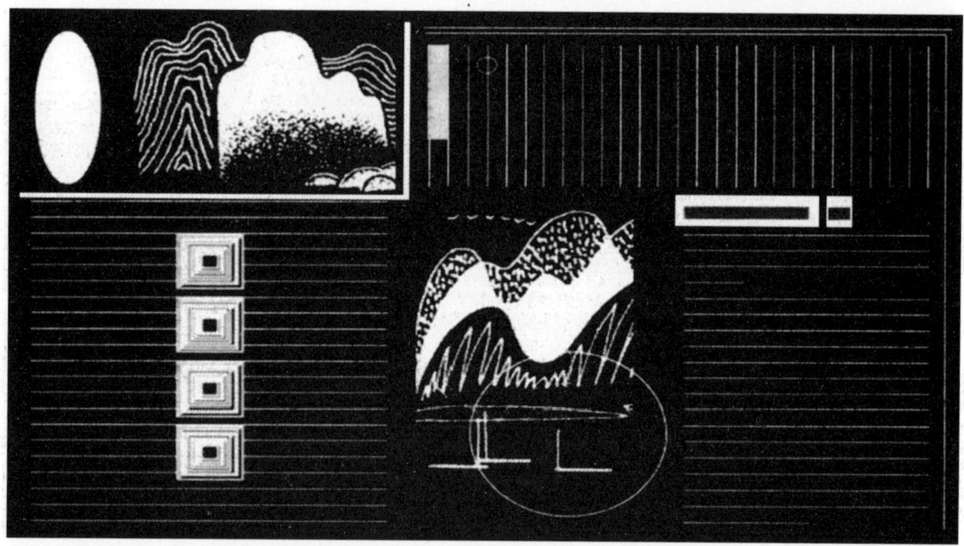

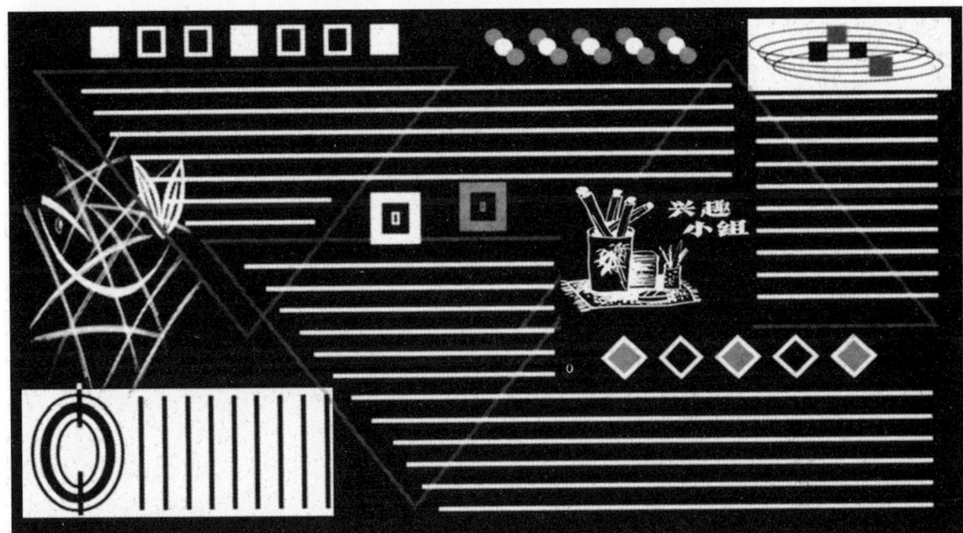
兴趣
小组

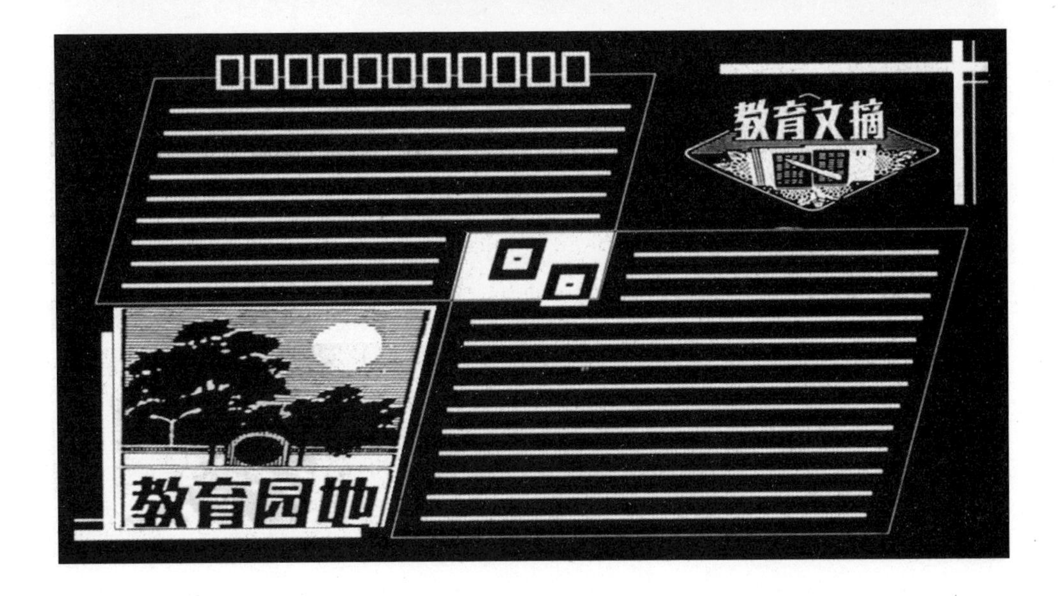
教育文摘
教育园地

3. 阶梯型

稿件排列呈阶梯参差状，给人以向上的感觉。

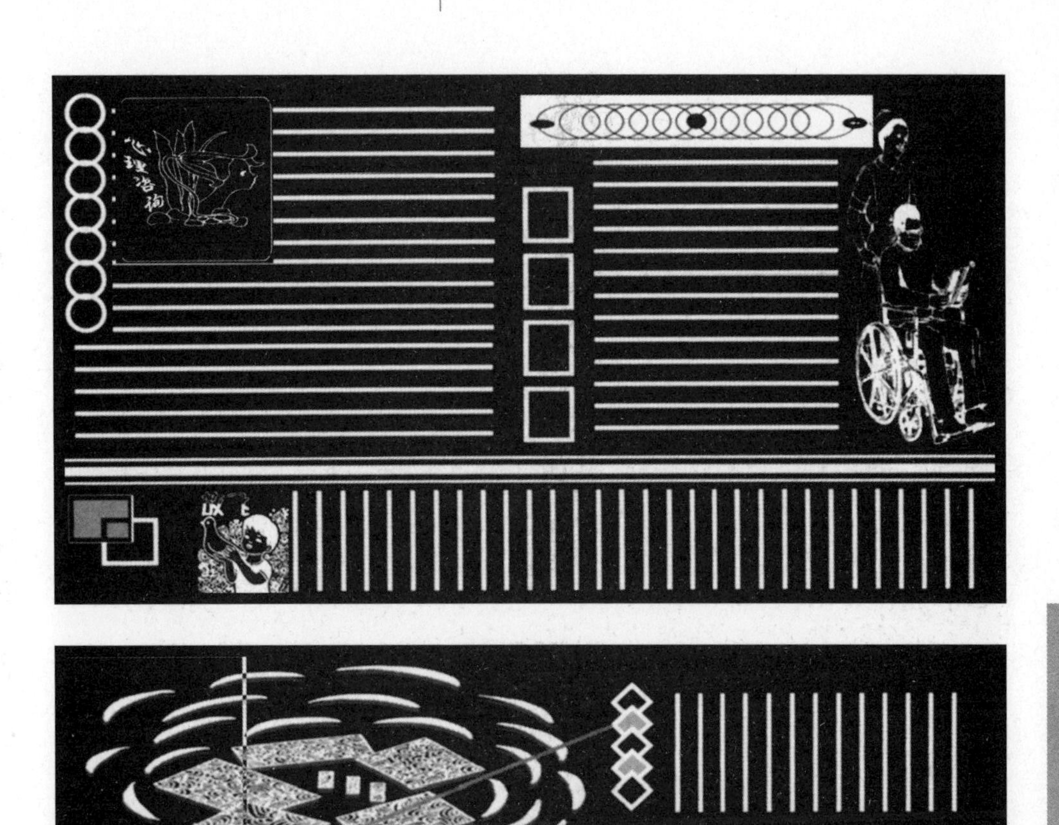
心理咨询

艺校
迎接考试
热点追踪

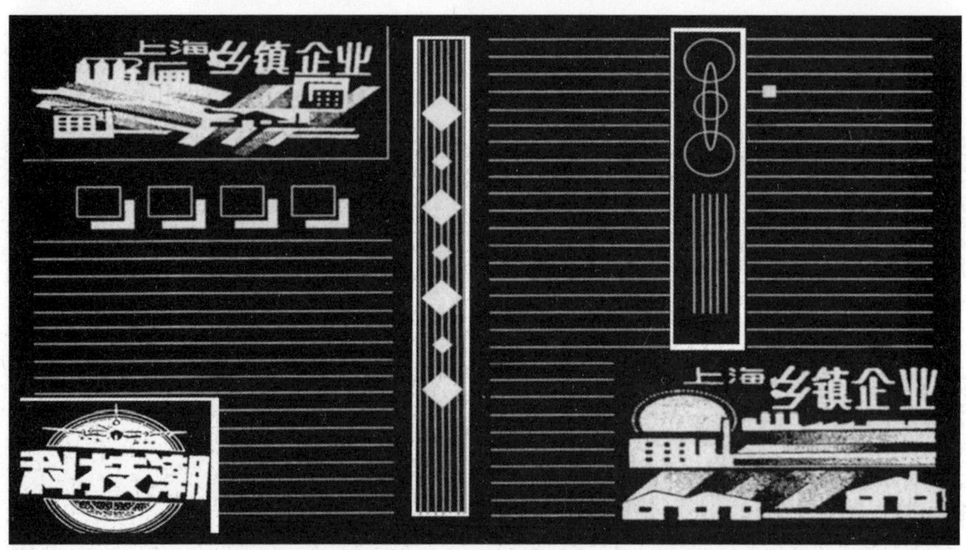
上海乡镇企业
科技潮
上海乡镇企业

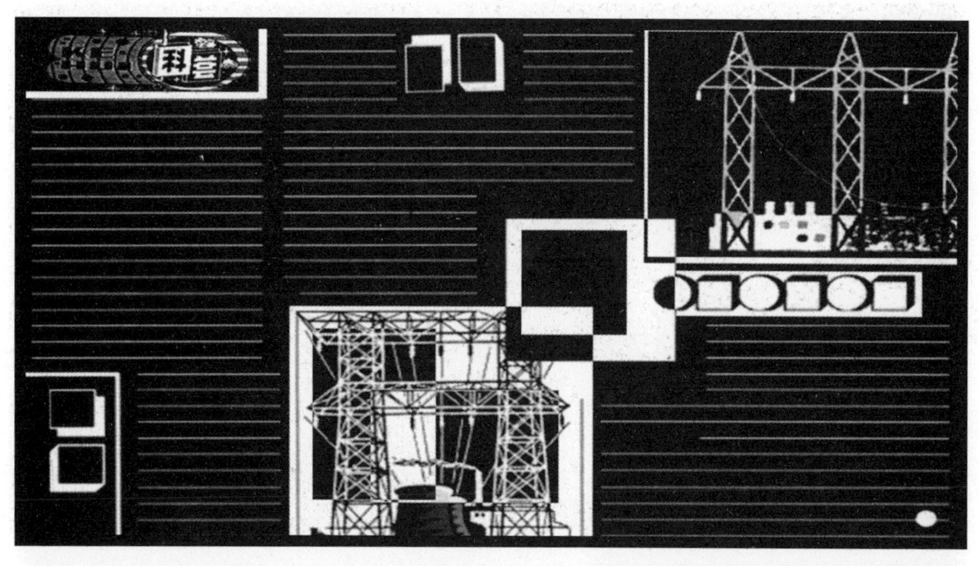

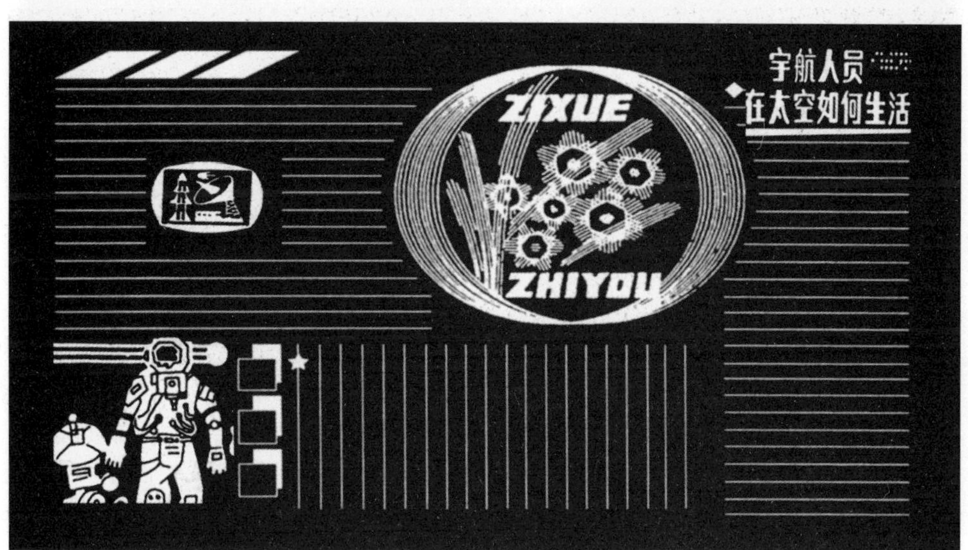
宇航人员
在太空如何生活
ZIXUE
ZHIYOU

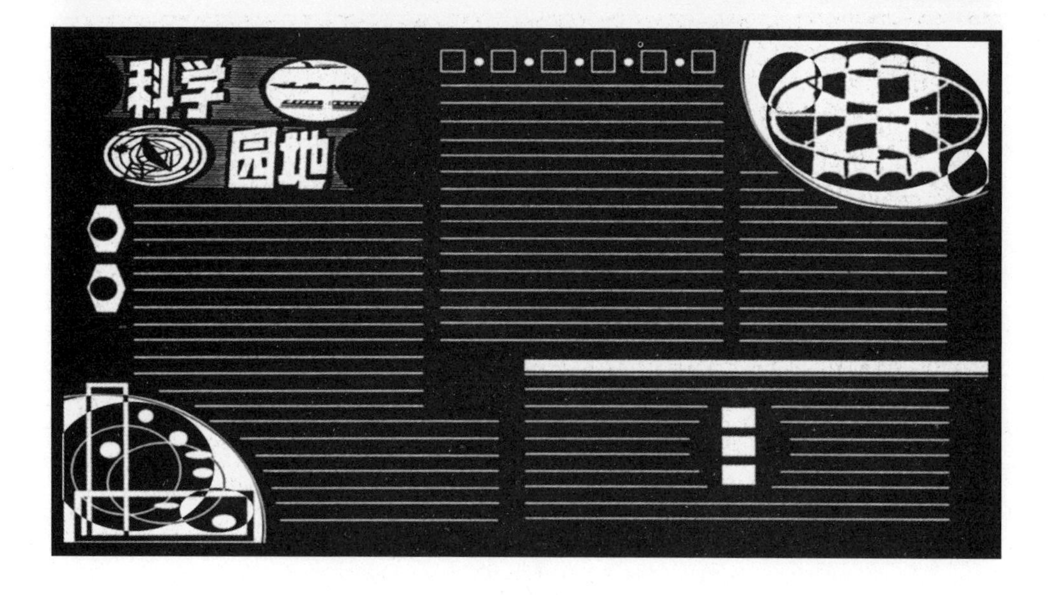
科学
园地

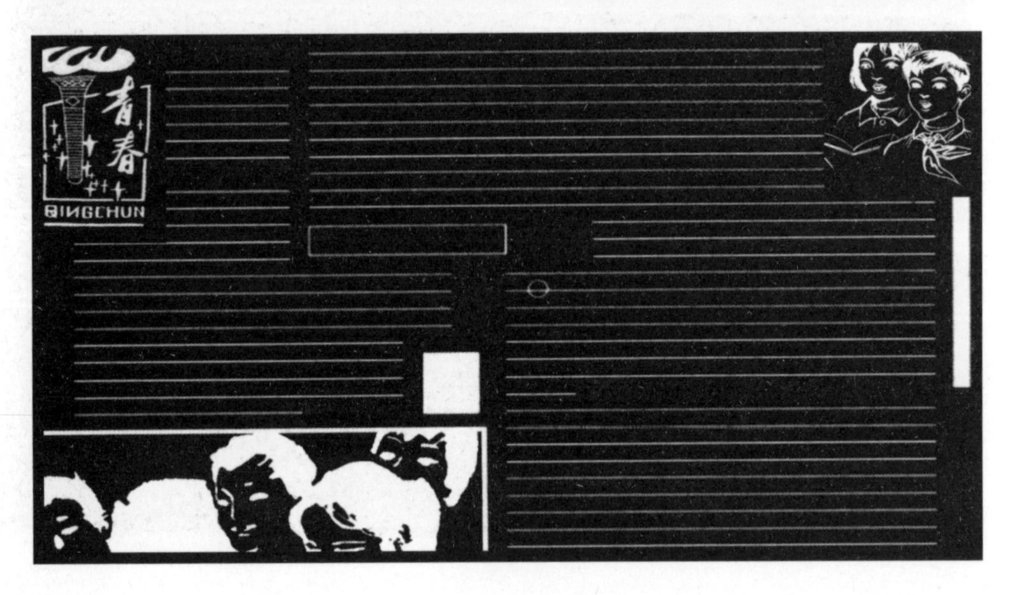
青春
QINGCHUN

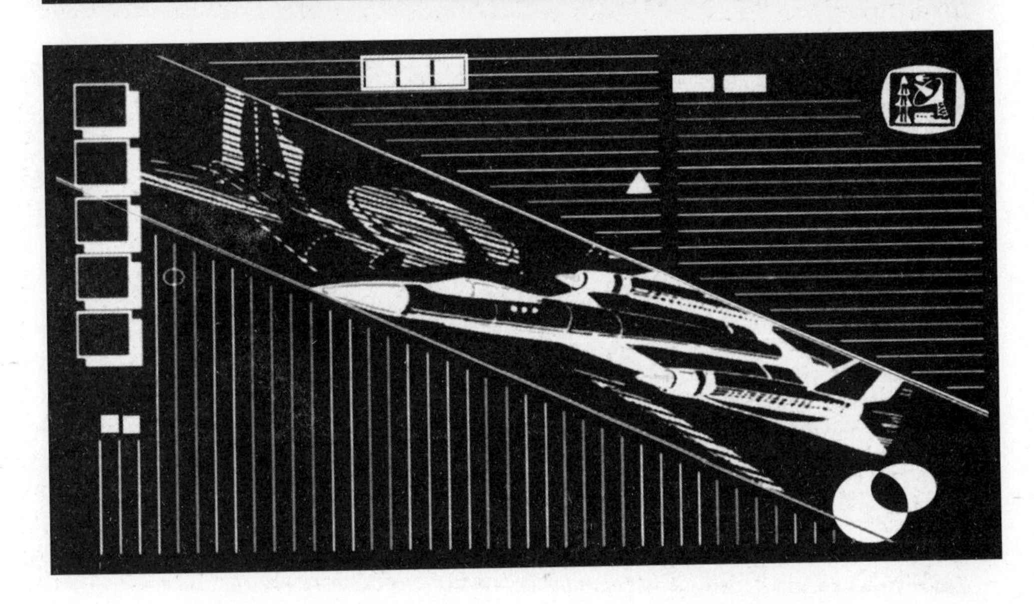

学生时代
学理论
XUELILUN
行千里读万卷

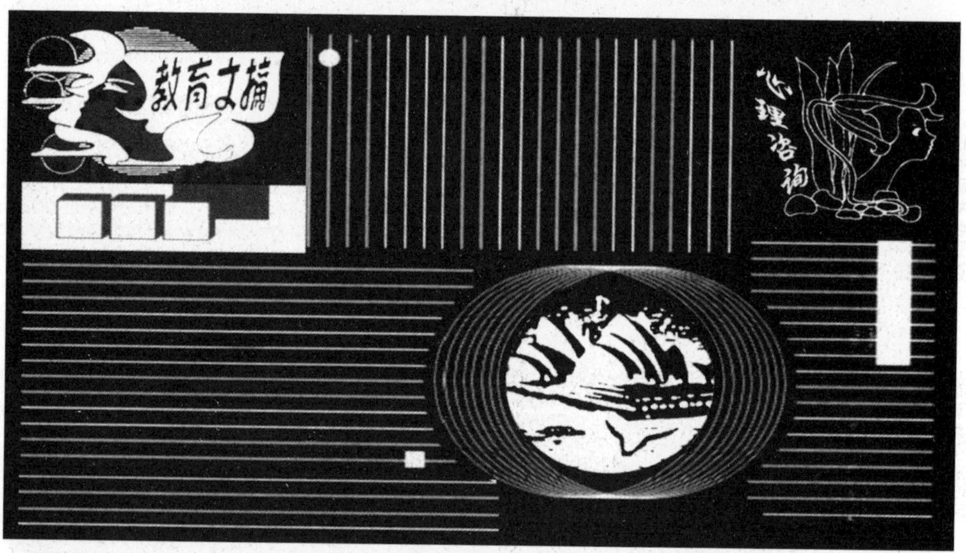
教育文摘
心理咨询

4. 经纬型

以经纬分割版面，使其显得庄严肃穆。

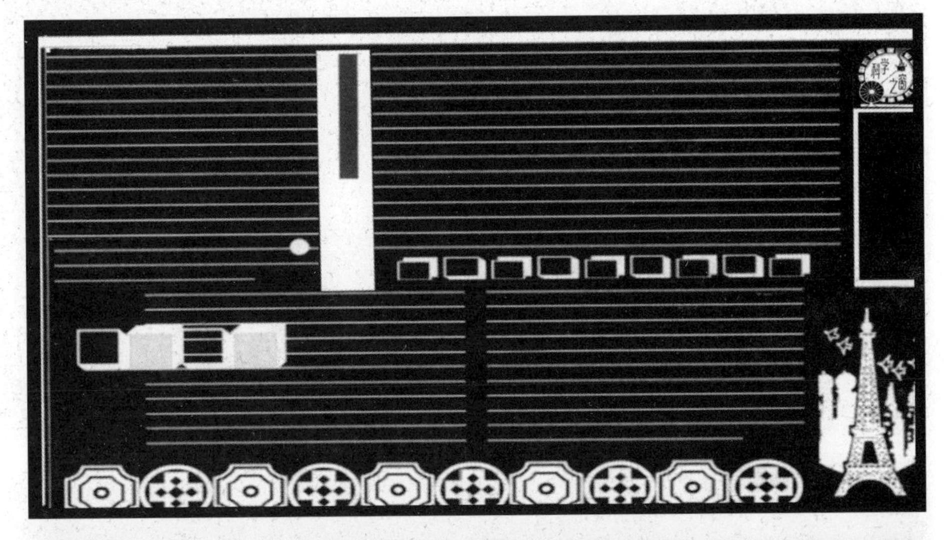

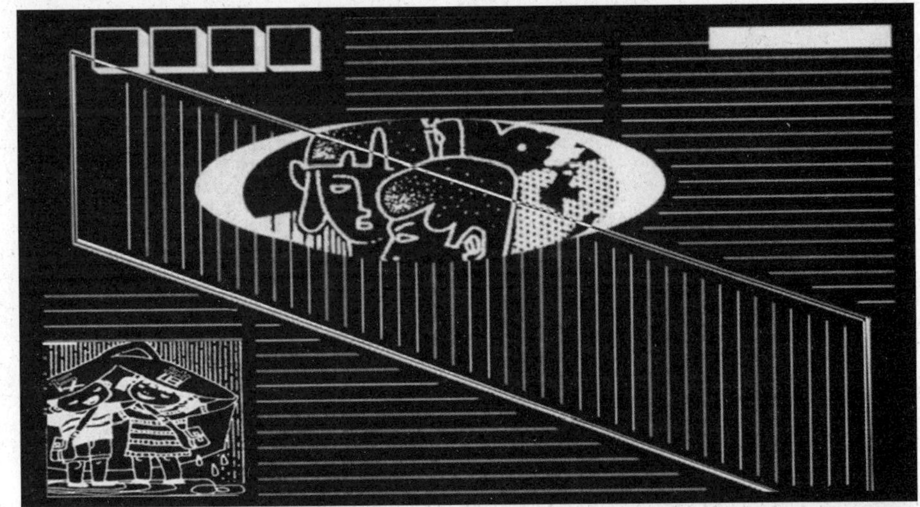

科学

花季

学生 时代

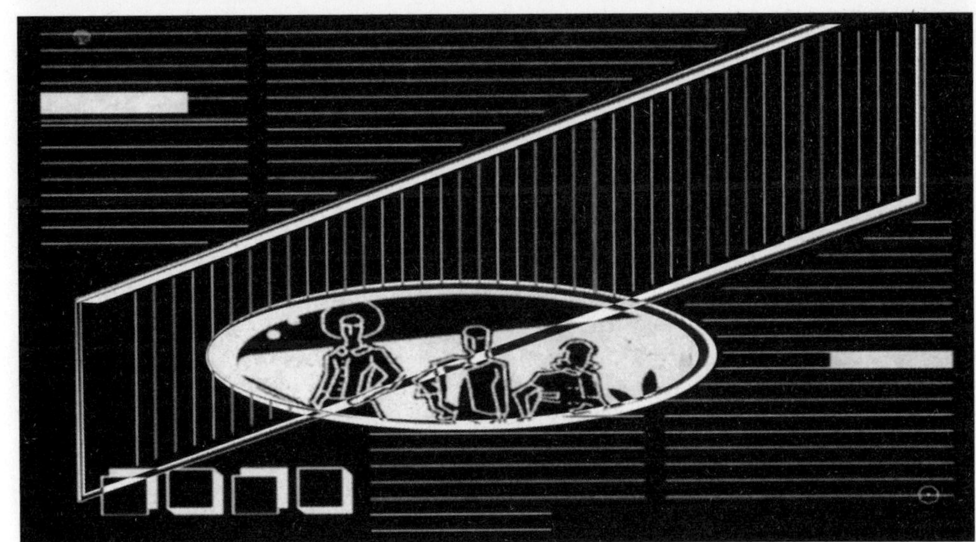

校园音乐会

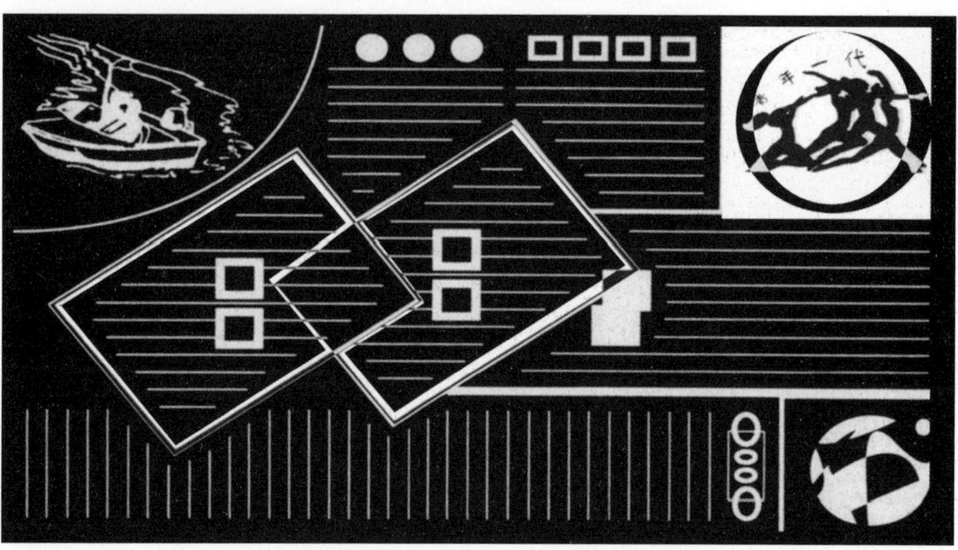

教
育
教育园地

技术库

百花园

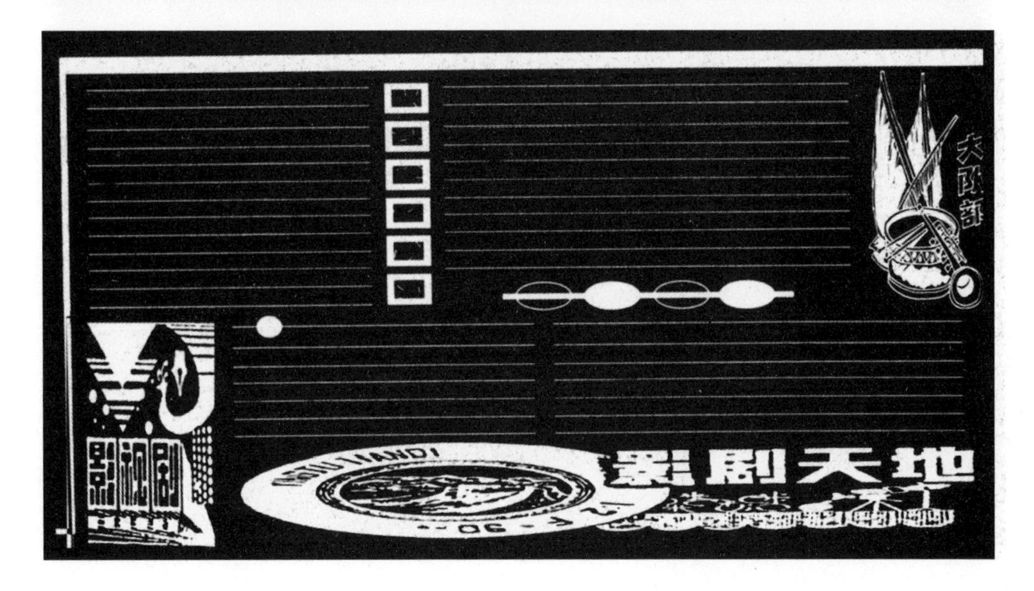
影剧天地

科技潮

青春

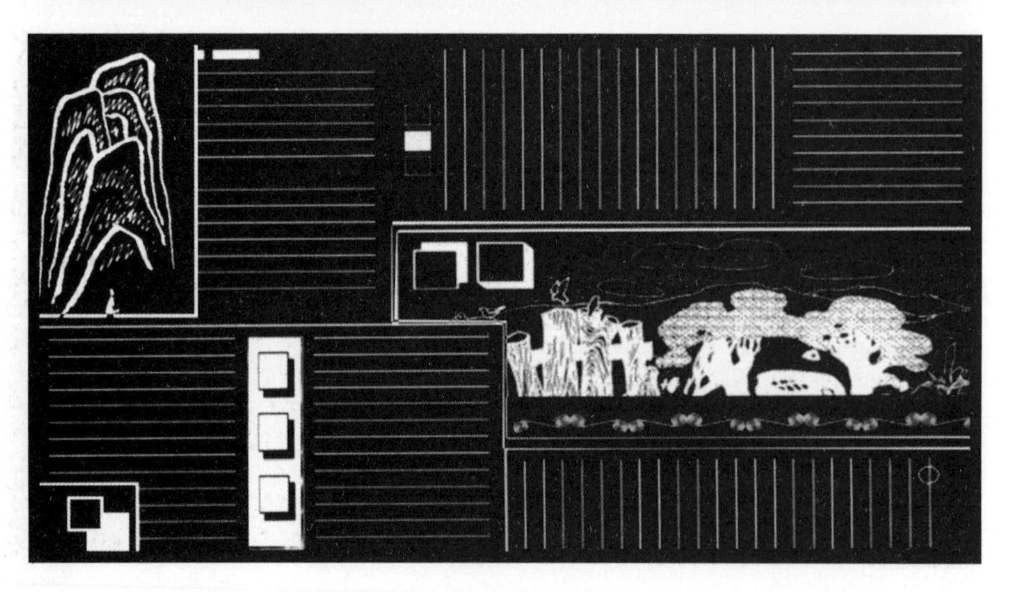

科技潮

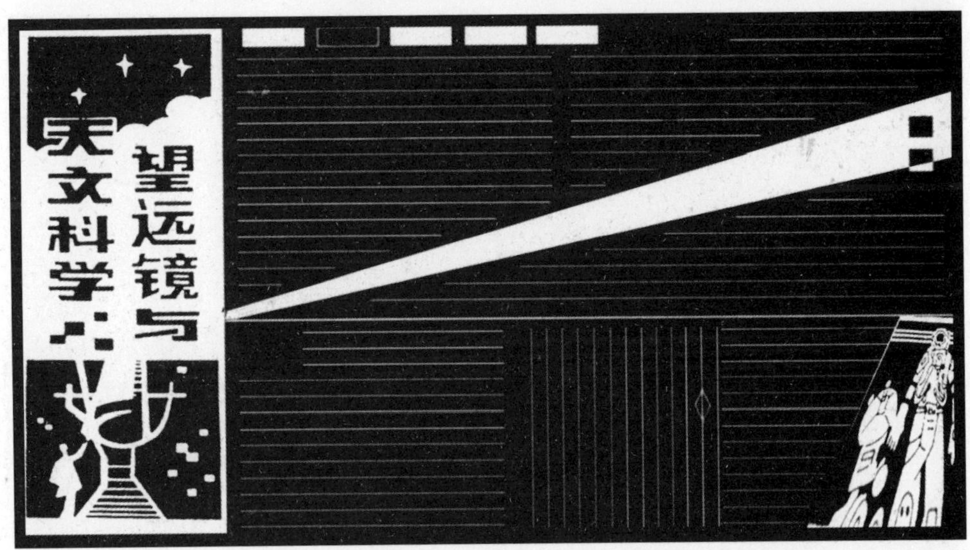
天文科学小
望远镜与

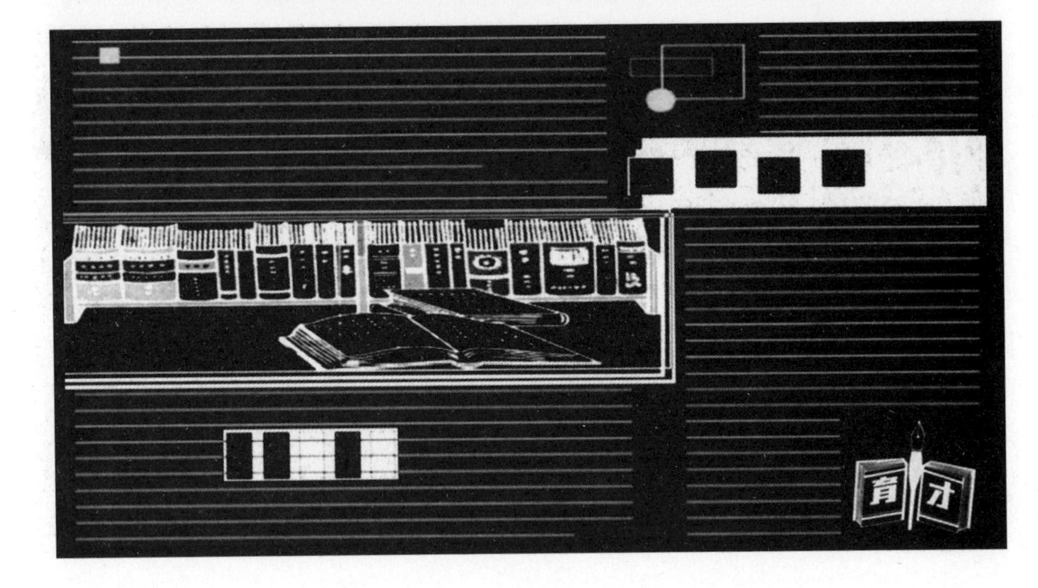
育
才

6.1
儿童节

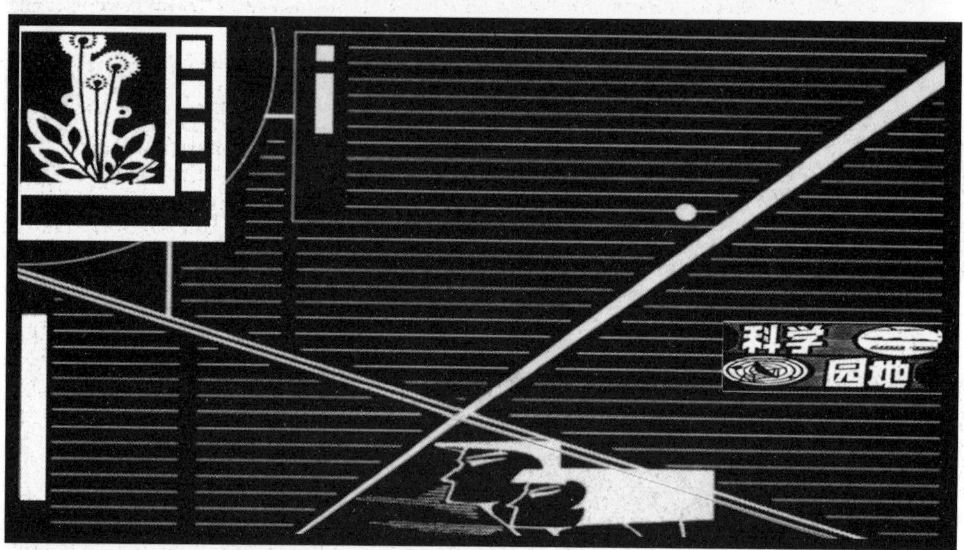
科学
园地

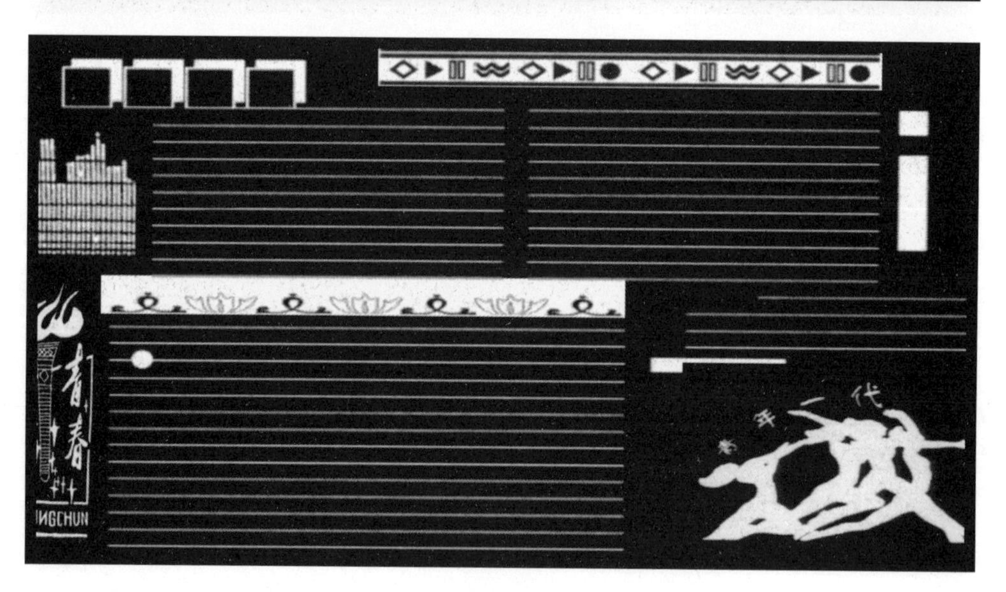
青春

5.倾斜型

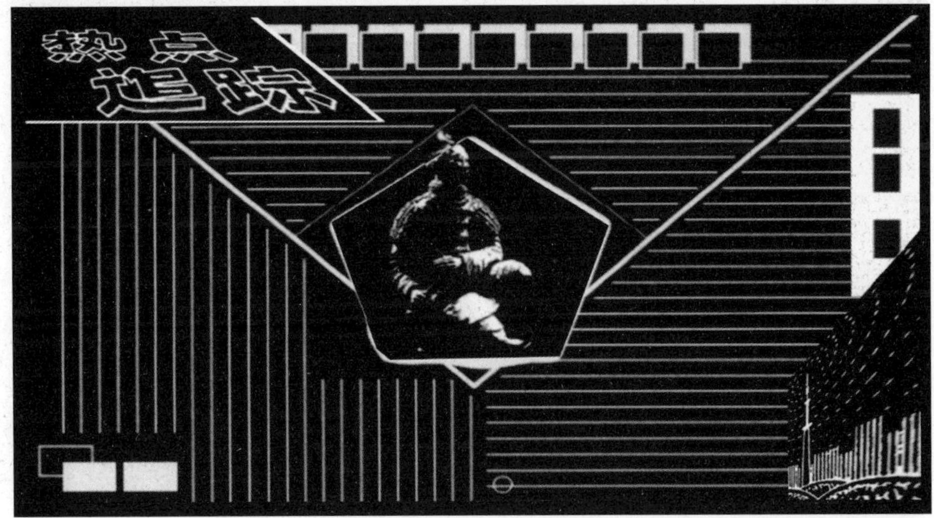

师生之友

时尚女性

风华
青春

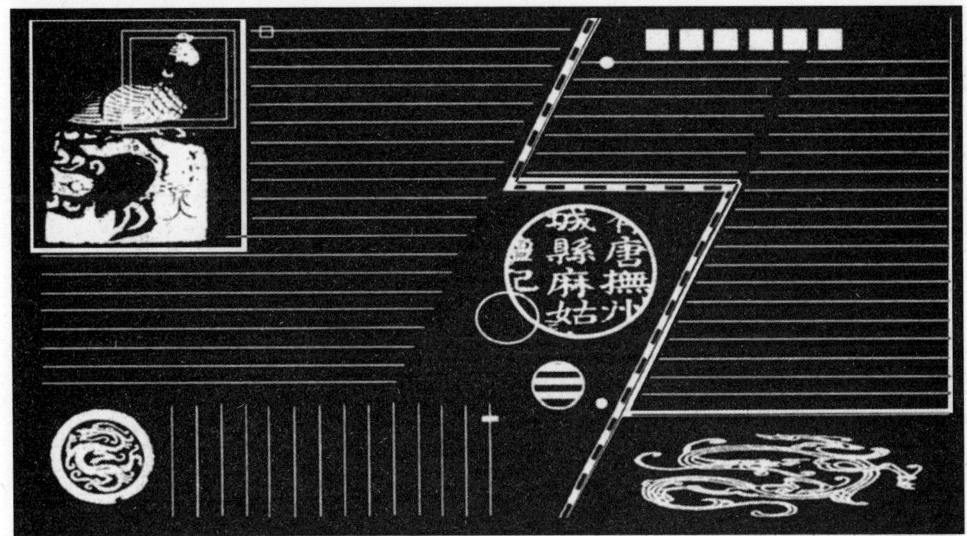
唐撫州
城縣麻姑

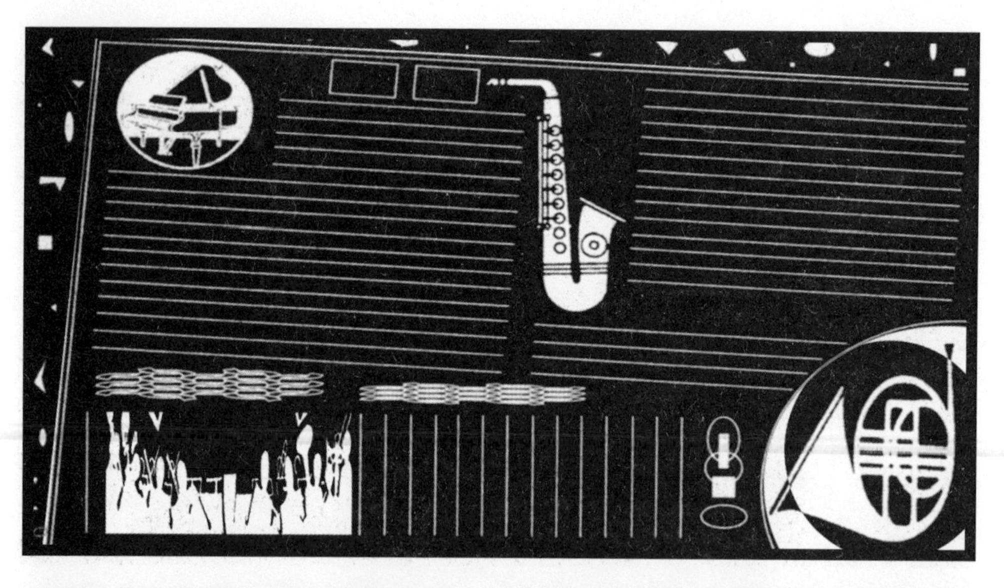

花环

党的生活
唱国歌

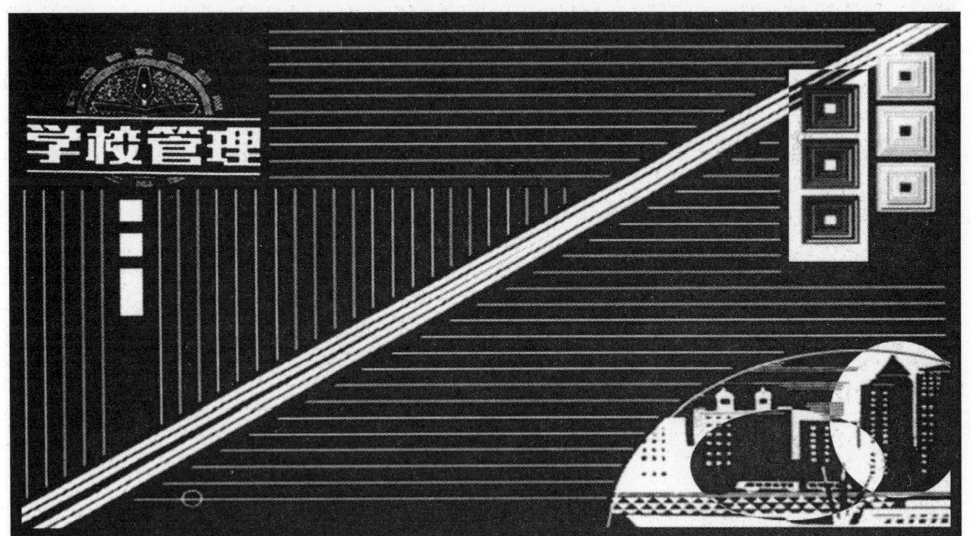
学校管理

QINGCHUN

科学

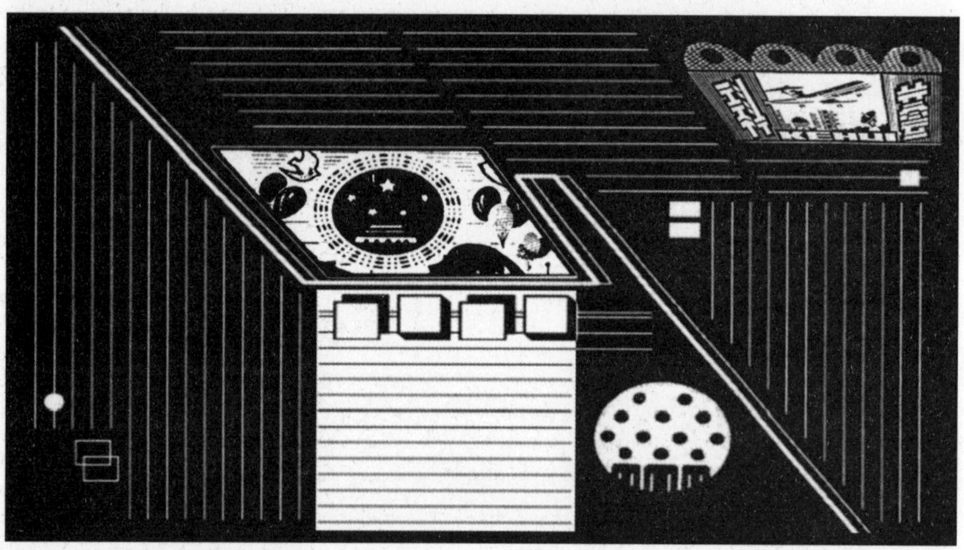

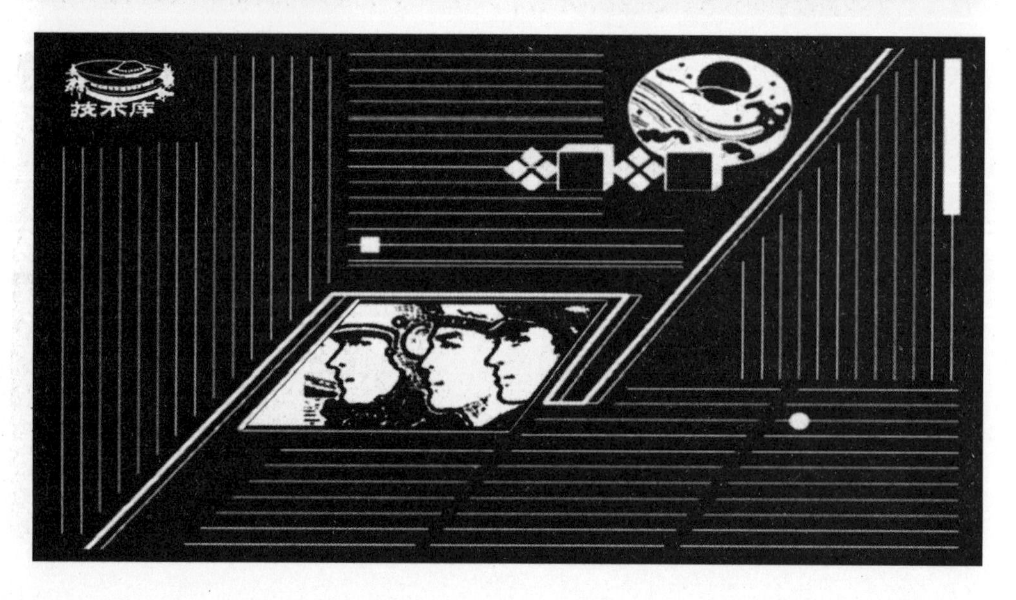
技术库

6. 中心辐射型

版式以主题图案或主题文字展开，辐射整个版面。

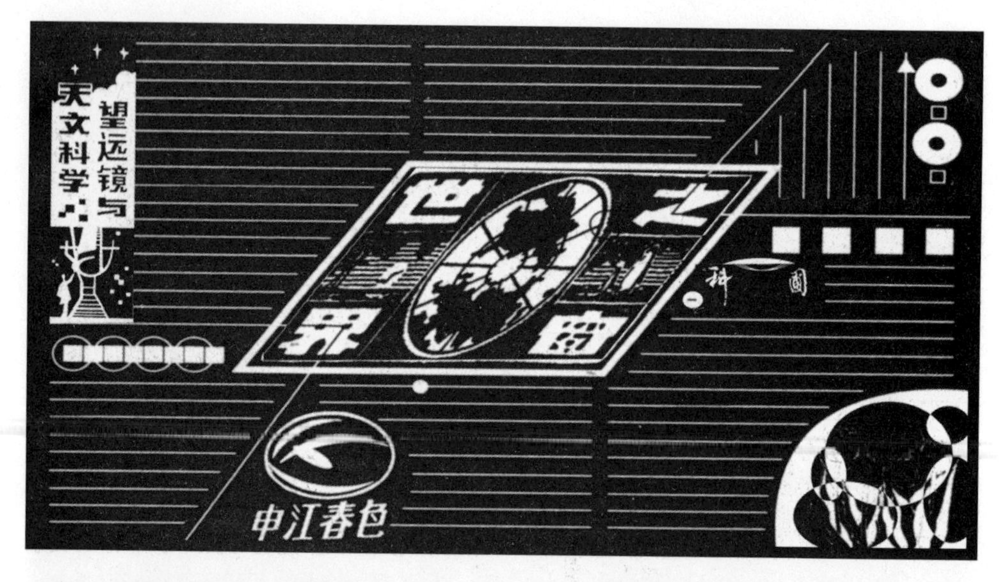
天文科学
望远镜与
世界之窗
申江春色

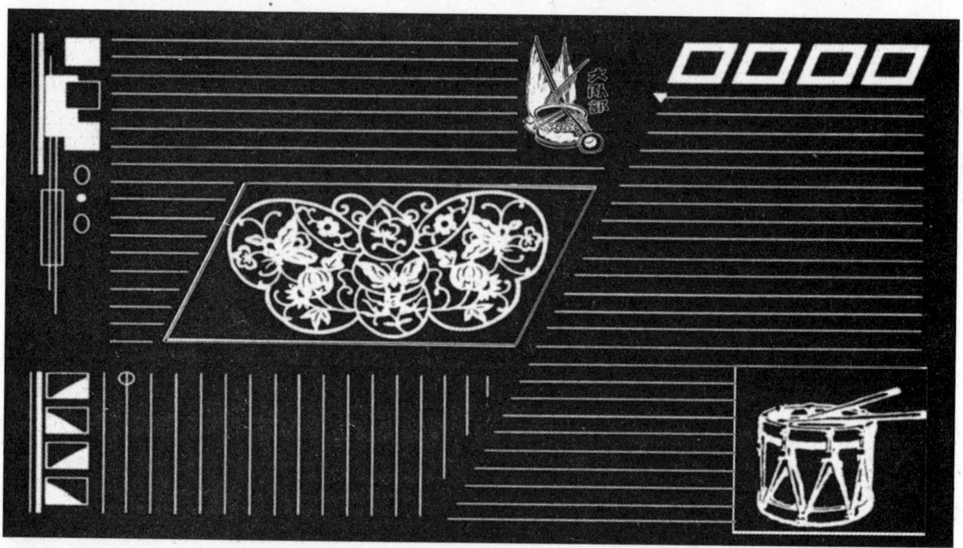

科学之窗
技术库

科技新城

科技潮
出入平安

放飞

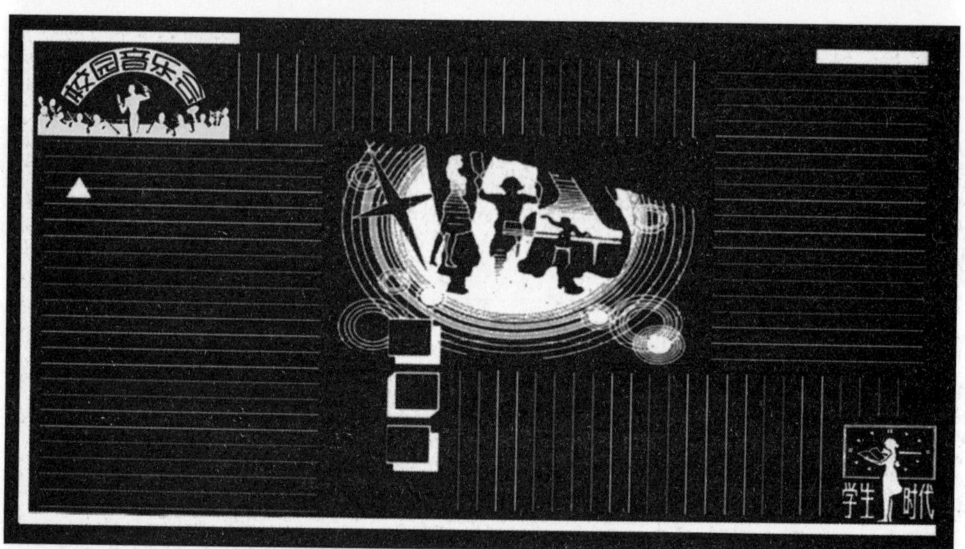
校园音乐会
学生时代

行千里读万卷

热点
追踪

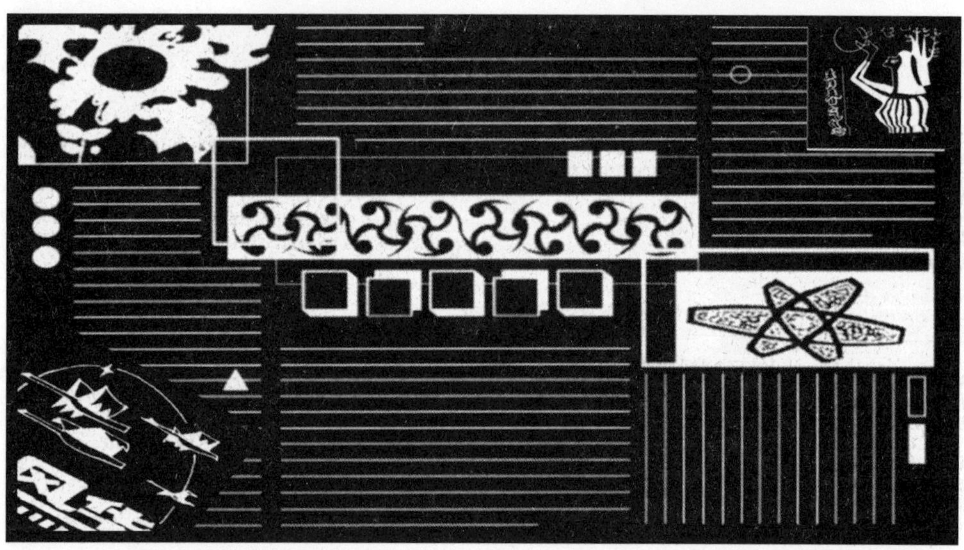

开学了!

兴趣
小组

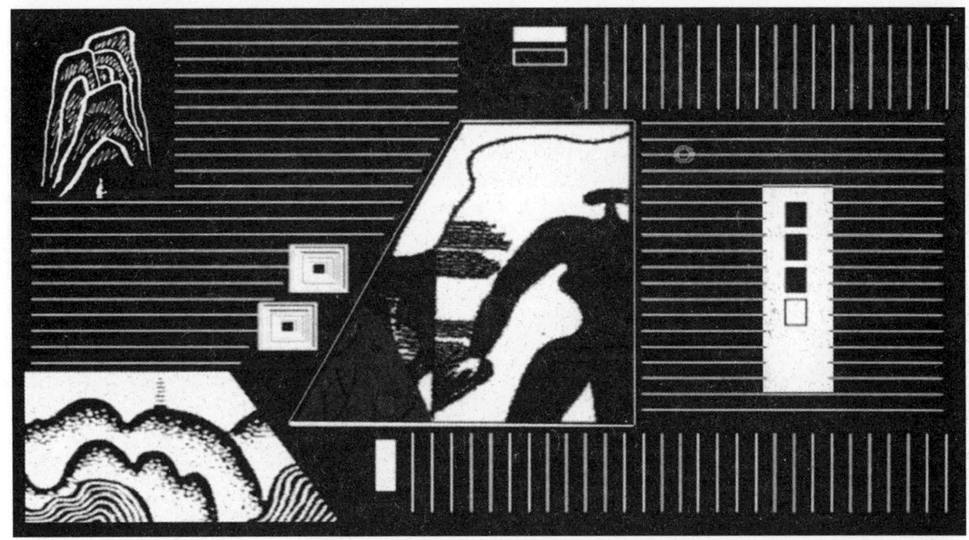

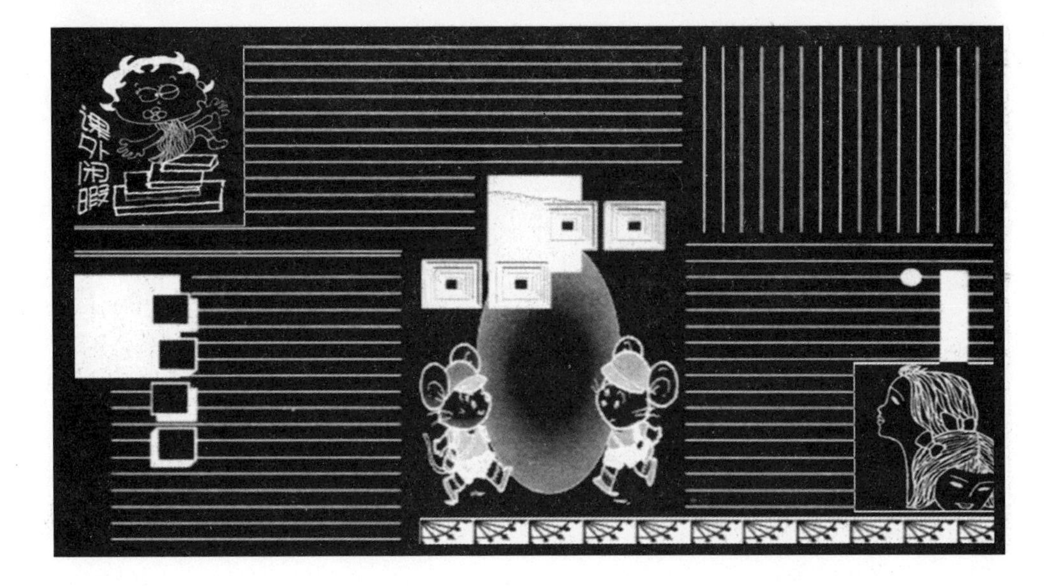
课外闲暇

7. 专刊型

黑板报所有元素围绕一个主题进行设计，突出体现其中心思想。

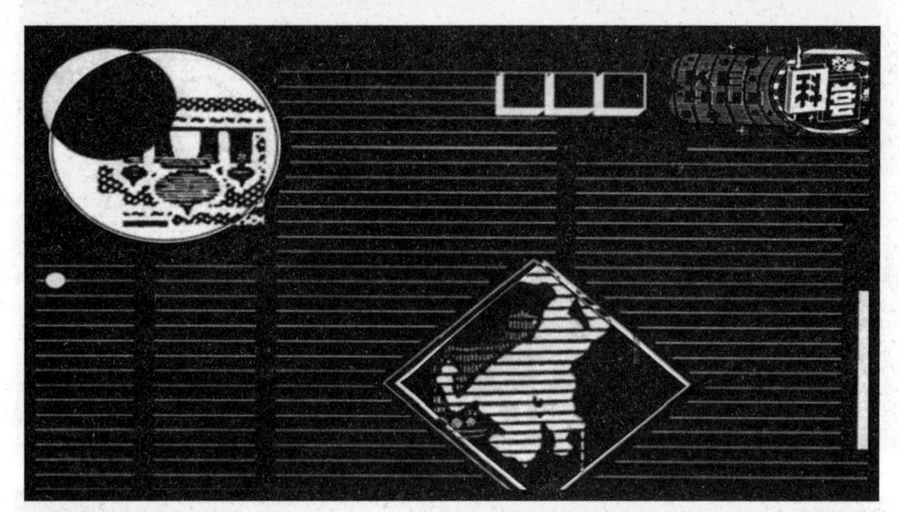

热点
追踪

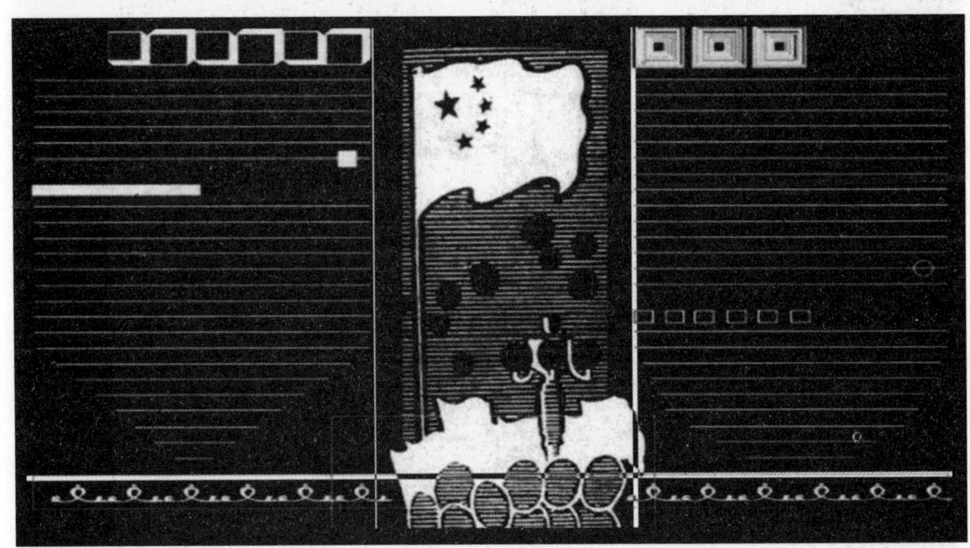

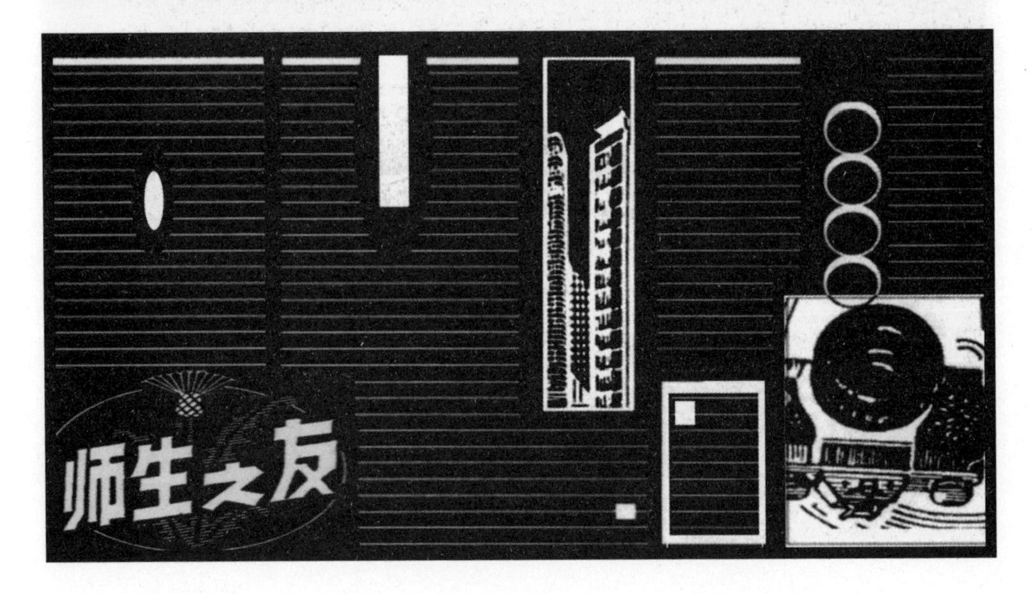
师生之友

旅游论坛
国际专刊

科学之窗
科技潮

股票行情。

Music

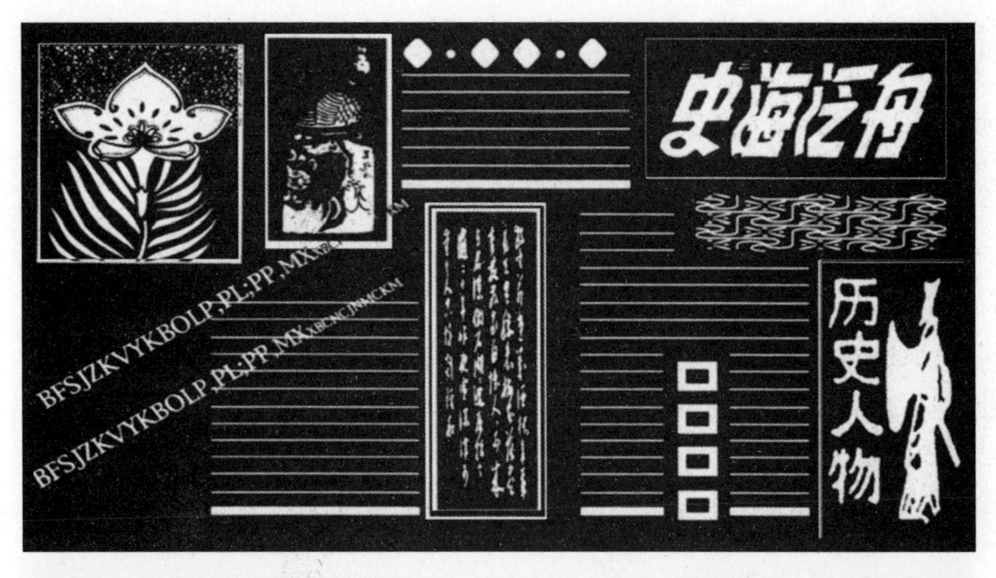
史海泛舟
历史人物
BFSJZKVYKBOLP,PL;PP,MX
BFSJZKVYKBOLP,PL;PP,MX

科学园地
学科学
12
9
3
6

育
才

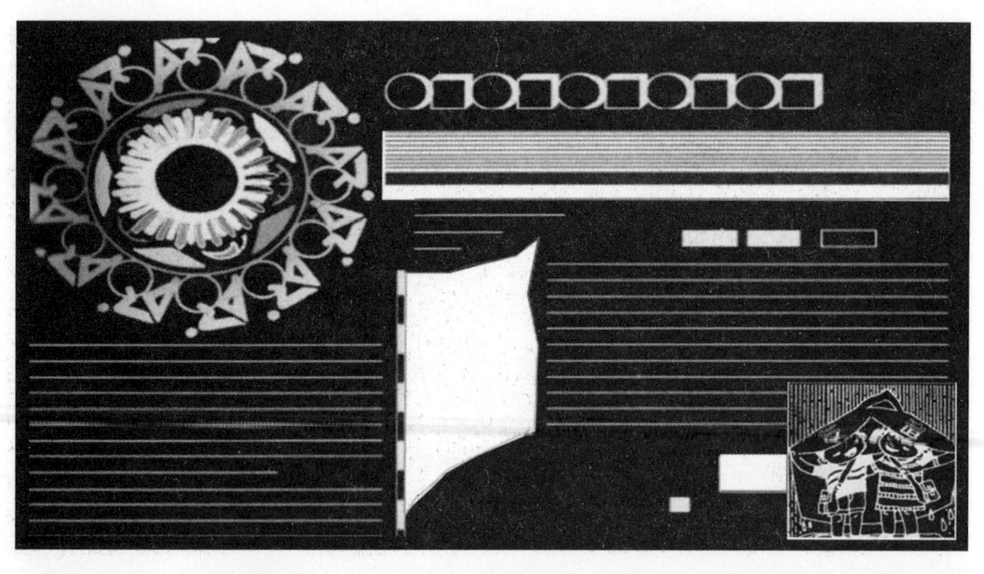

欢庆教师节

学理论
XUELILUN
教育文摘

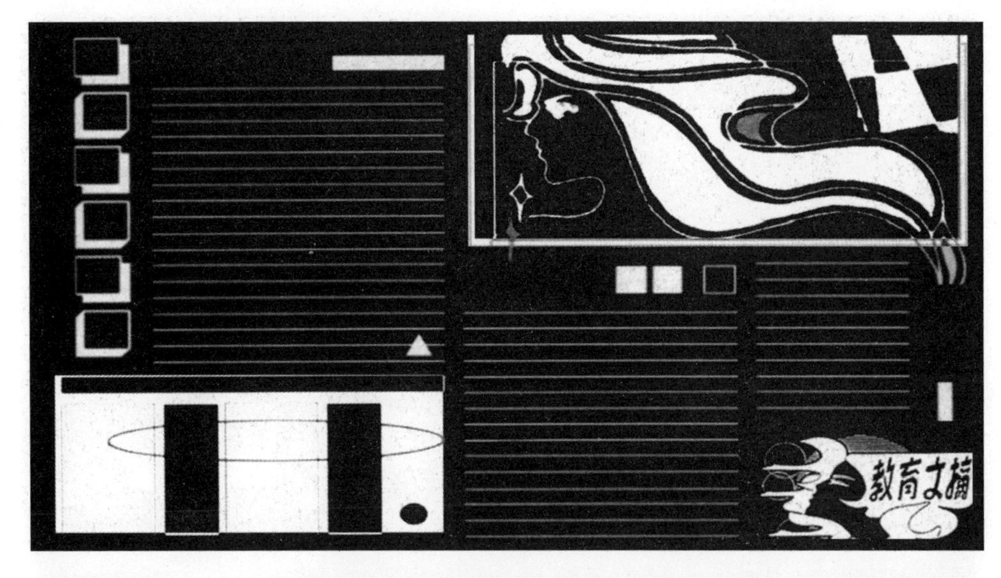
教育文摘

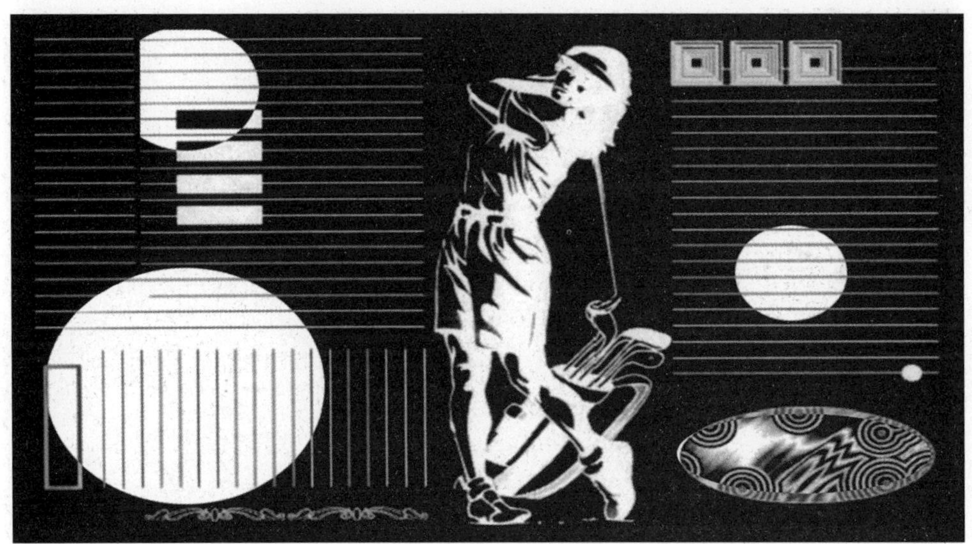

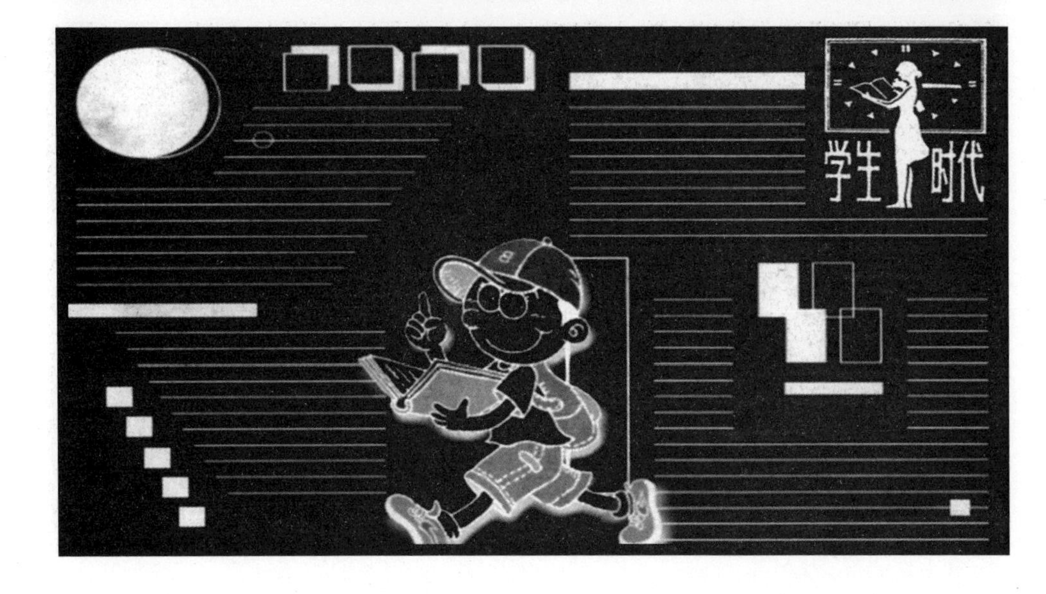
学生时代

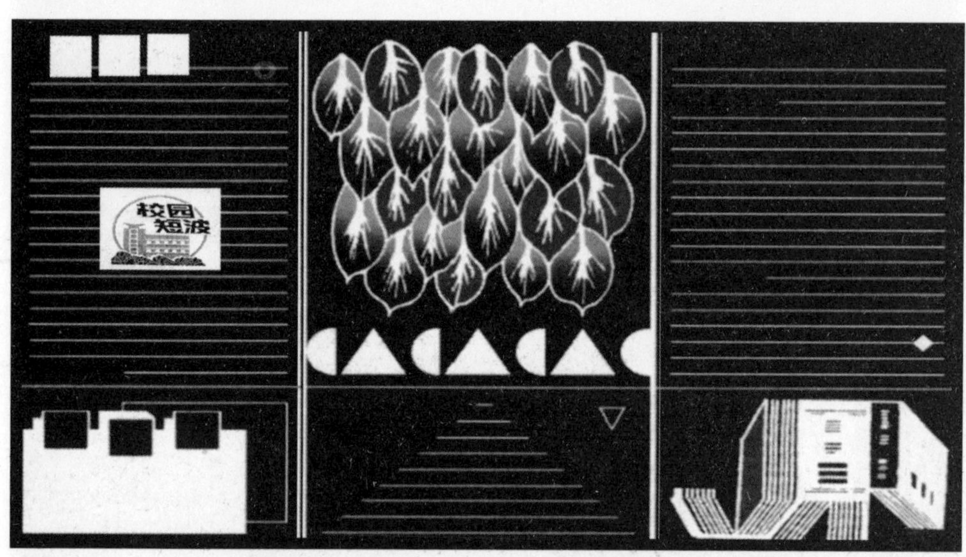
校园
短波

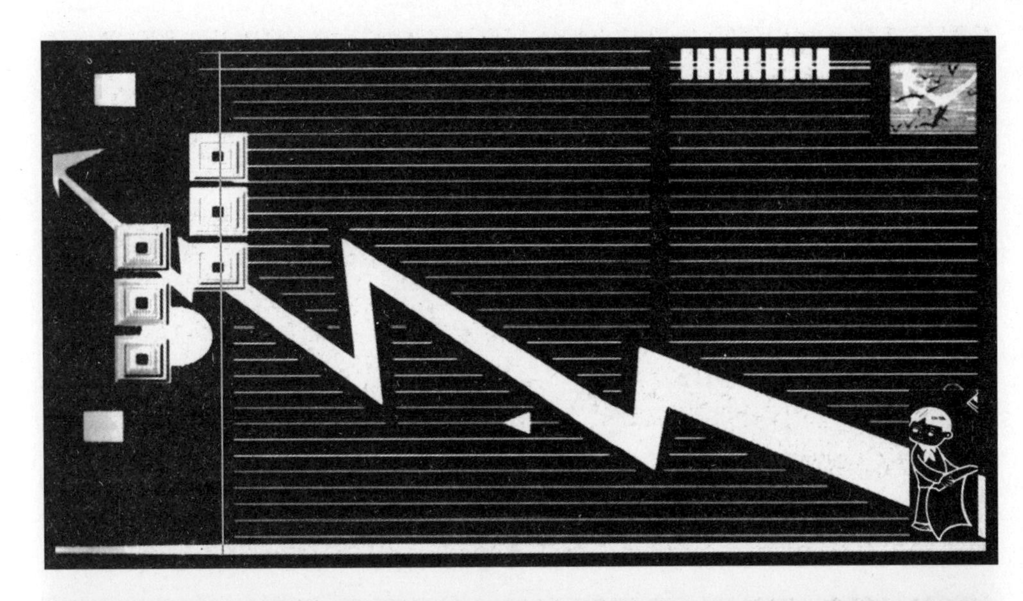

党的生活

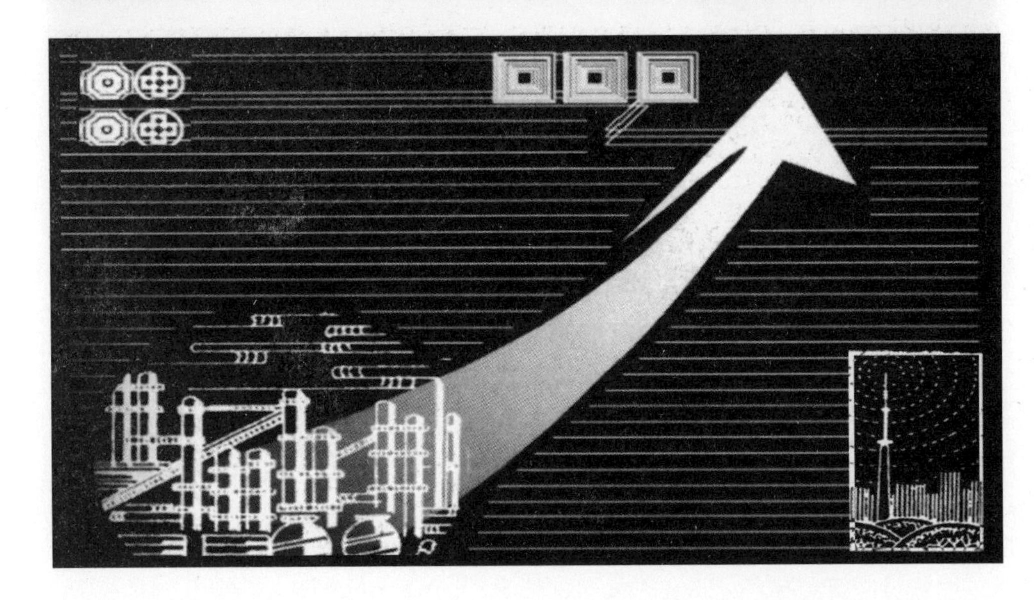

8. 综合型

结合自身的设计要求对板报各个元素之间的关系进行整理和归纳总结，运用各种设计手法，寻求其最好的表现形式。

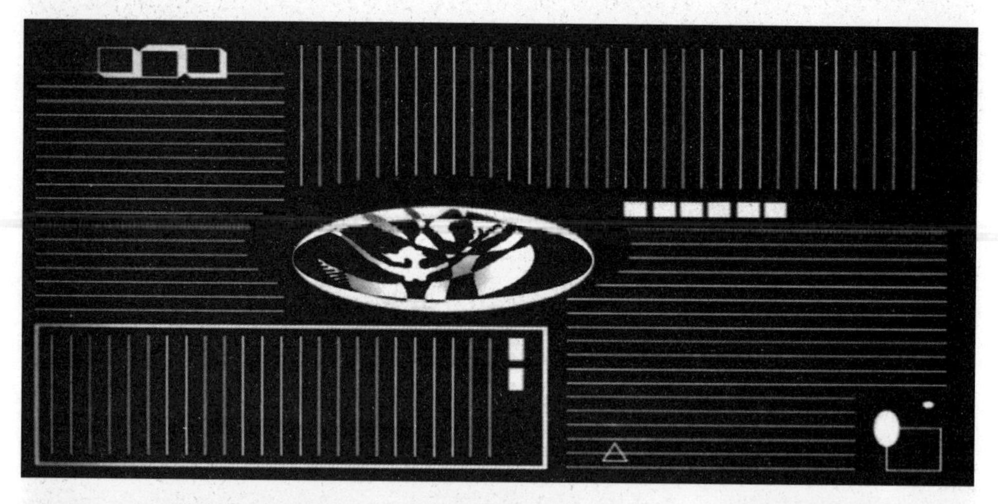

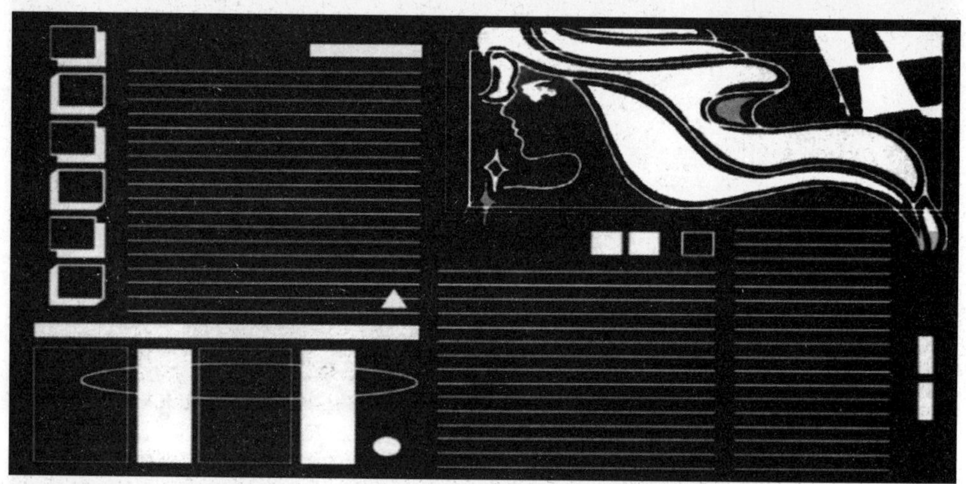

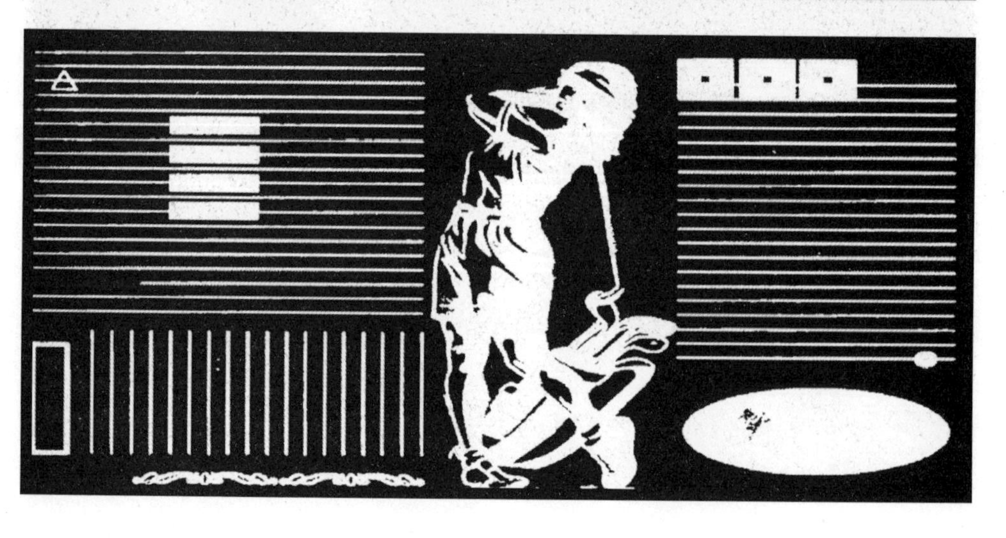

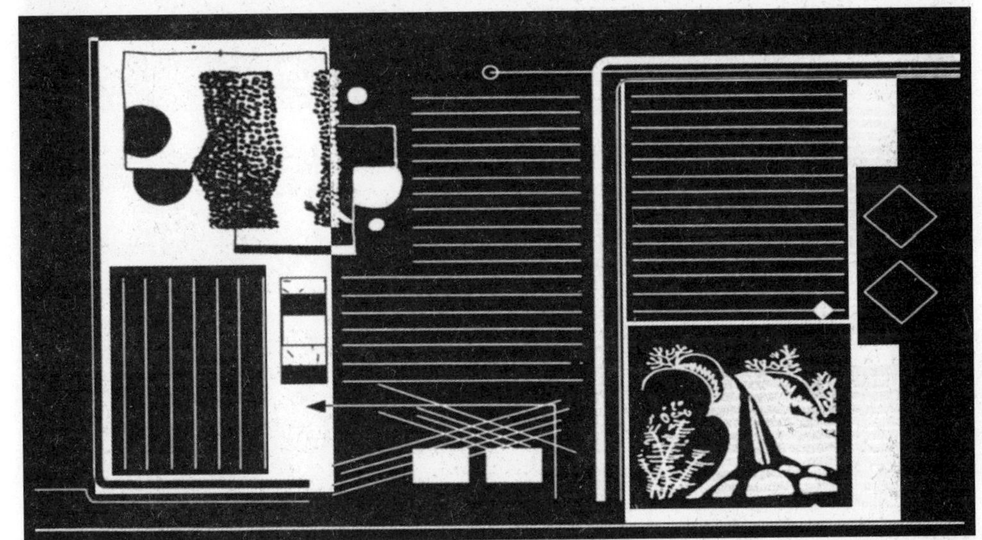

希望小学
乡情一角

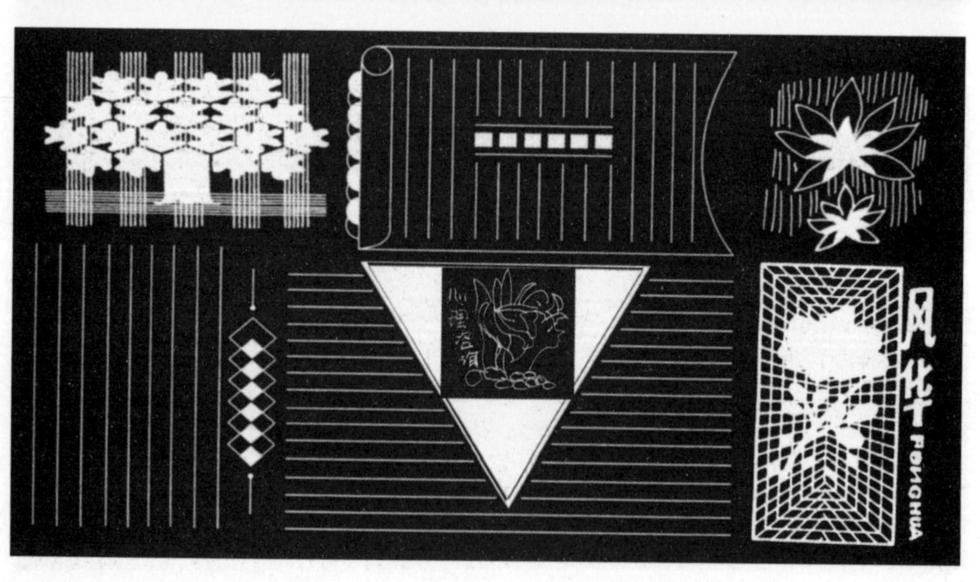
心理咨询
风华
FENGHUA

育
才

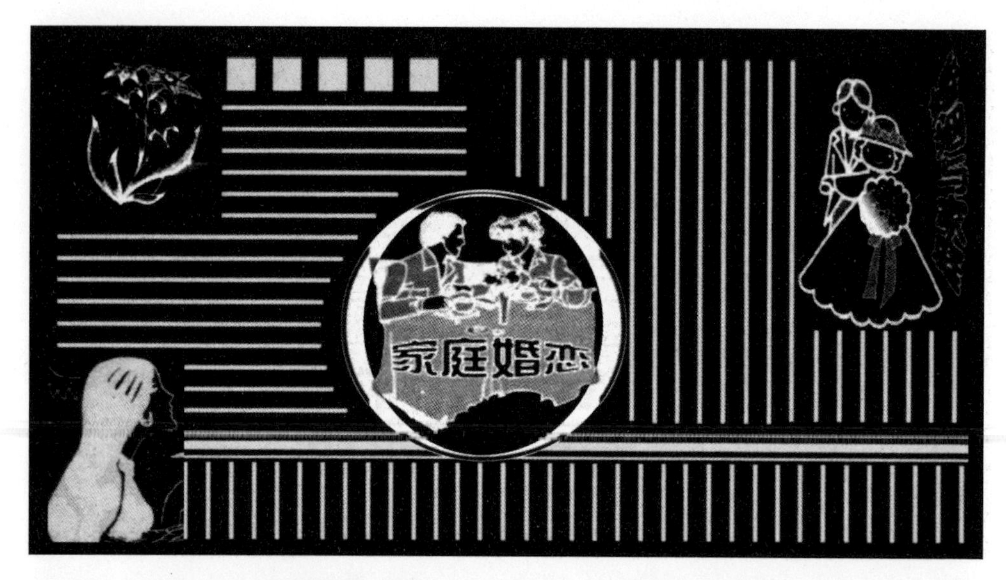
家庭婚恋

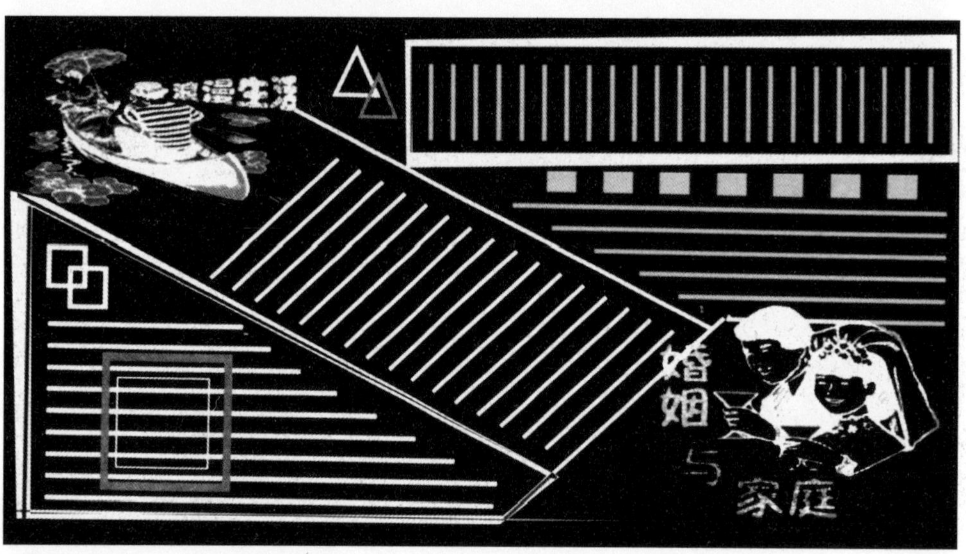
浪漫生活
婚姻与家庭

婚姻与家庭

老师像妈妈

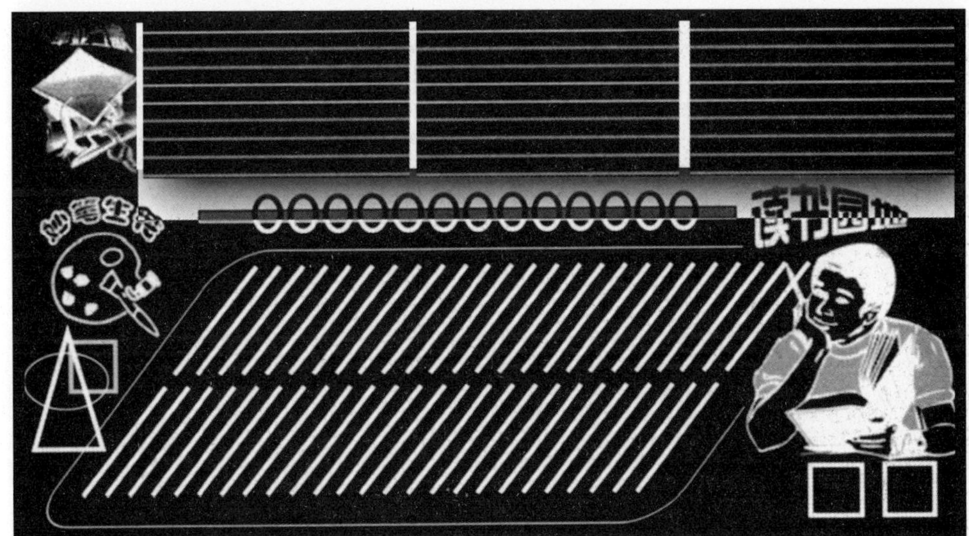
妙笔生花
读书园地

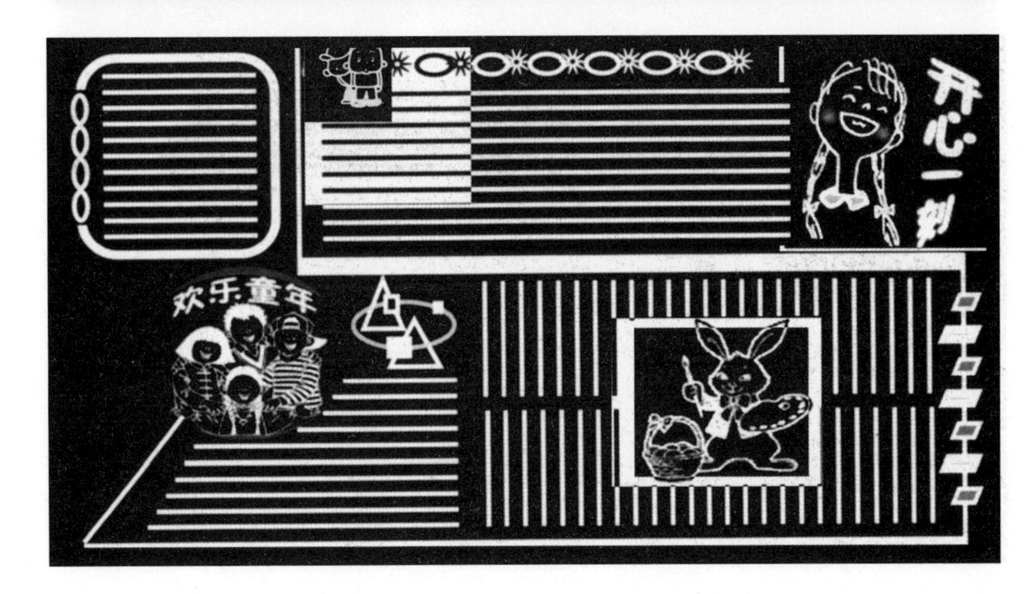
开心一刻
欢乐童年

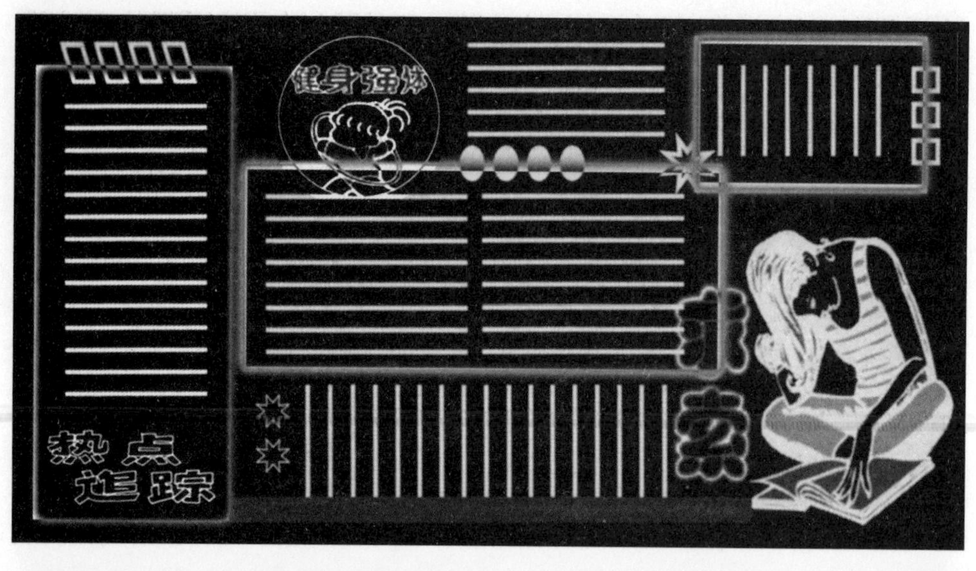
健身强体
热点
追踪
探索

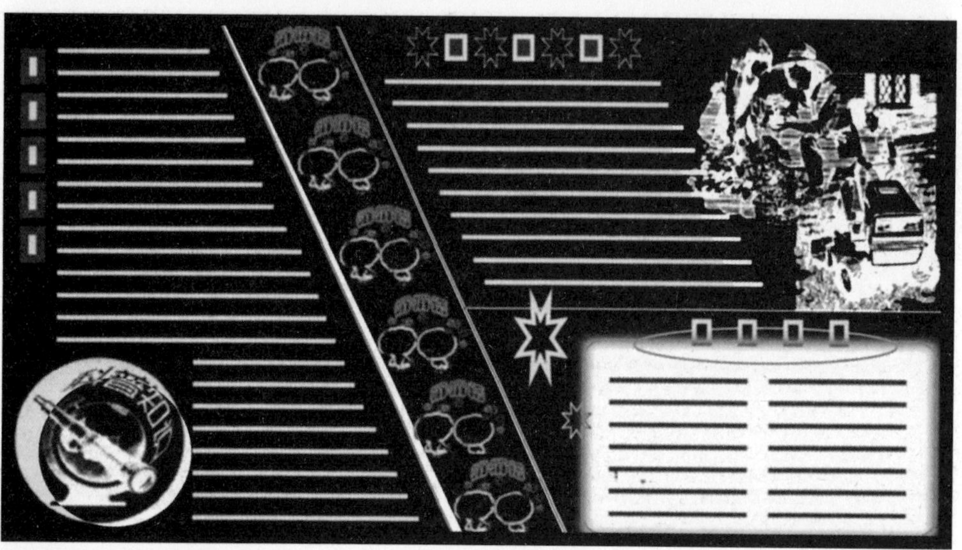

欢乐

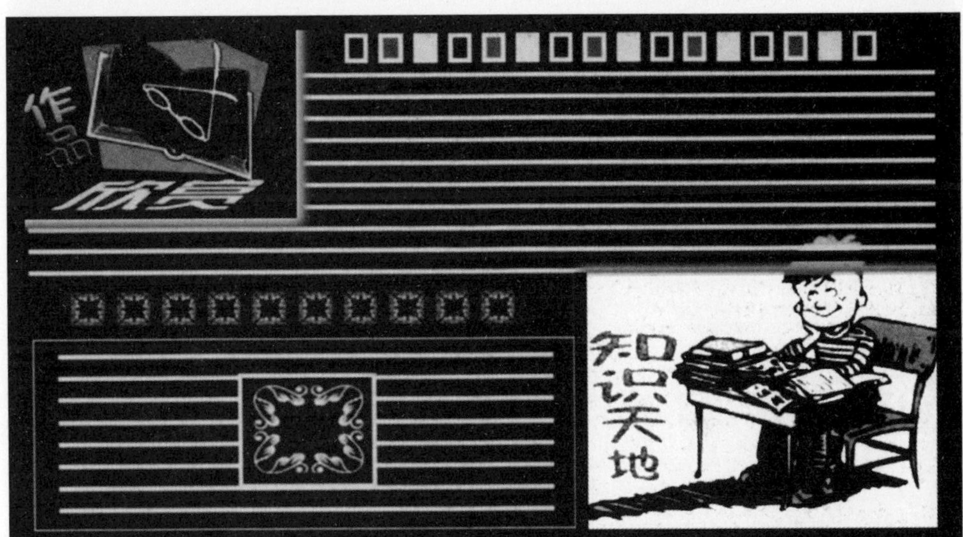
作品
欣赏
知识天地

英语学习班
ENGLISH WEEK
英语周

经济合作
女性话题

女性话题
女性世界

第4章

图例欣赏

本章要点

- 部队黑板报
- 厂矿黑板报
- 节日黑板报
- 学校黑板报

第一节 部队黑板报

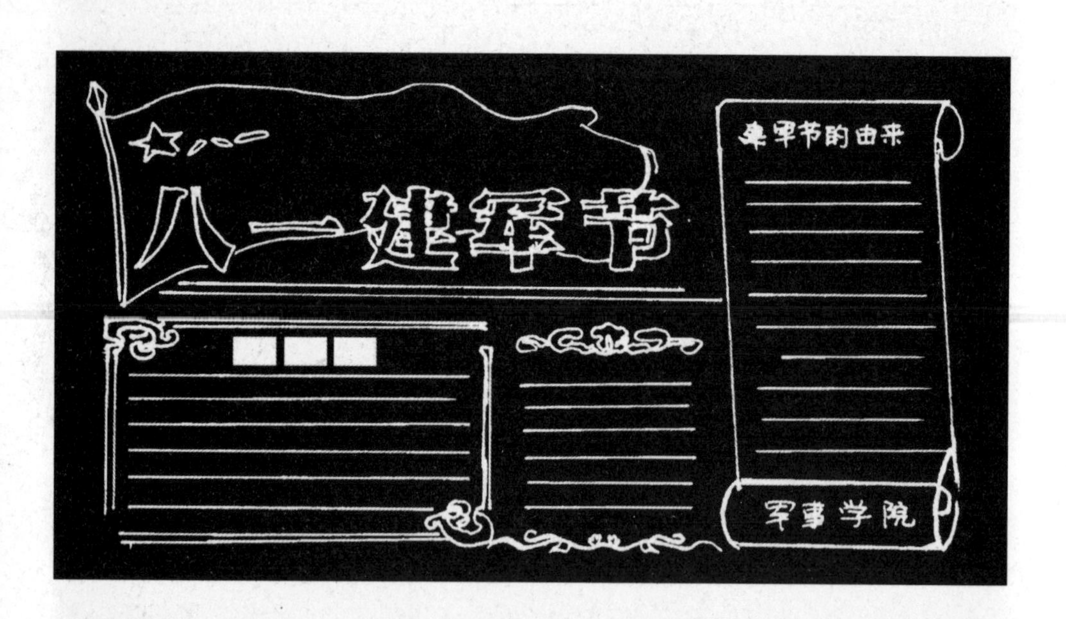

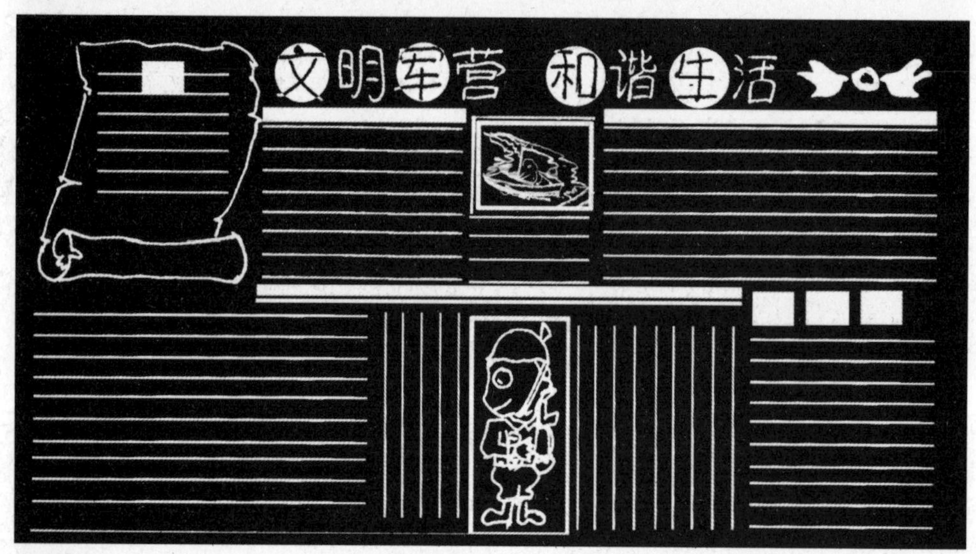

部队黑板报

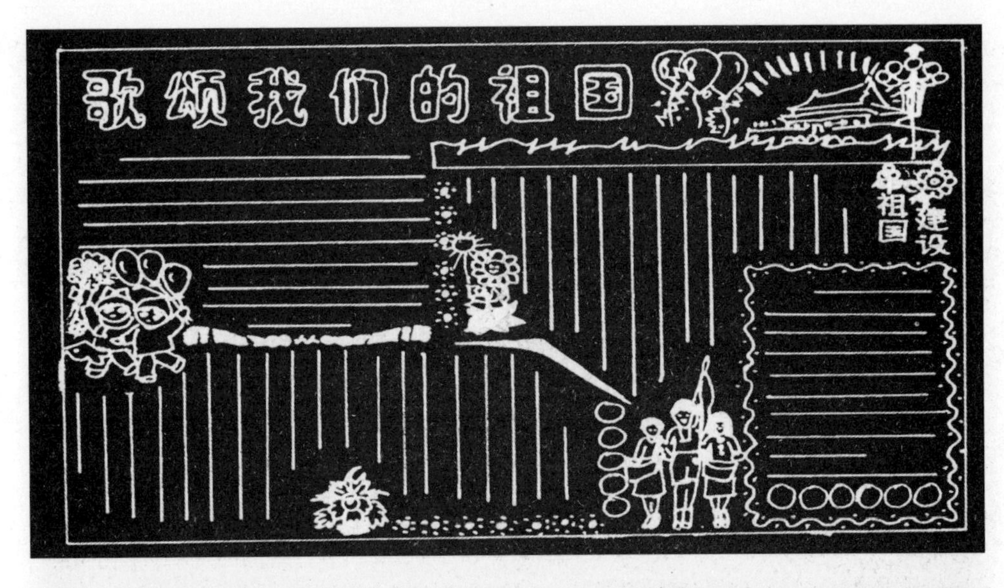

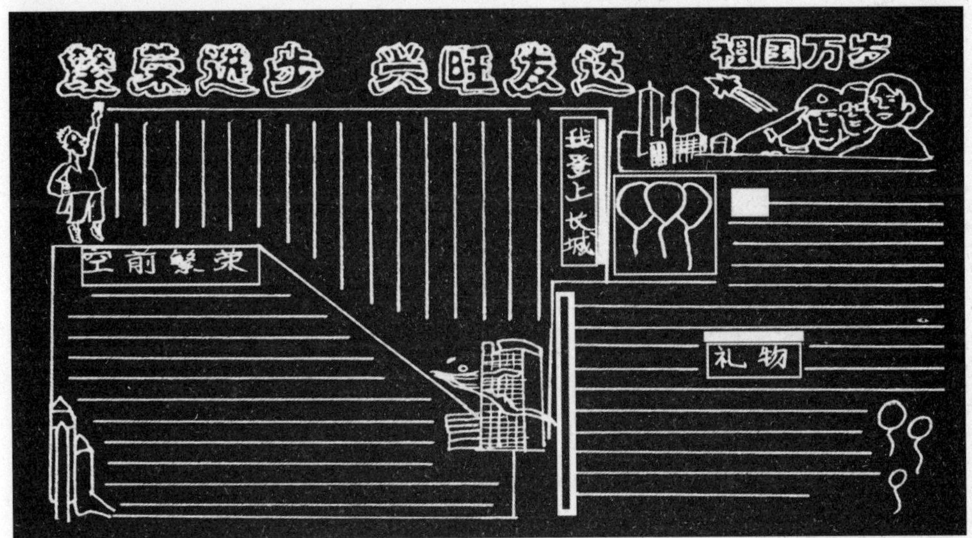

部队黑板报

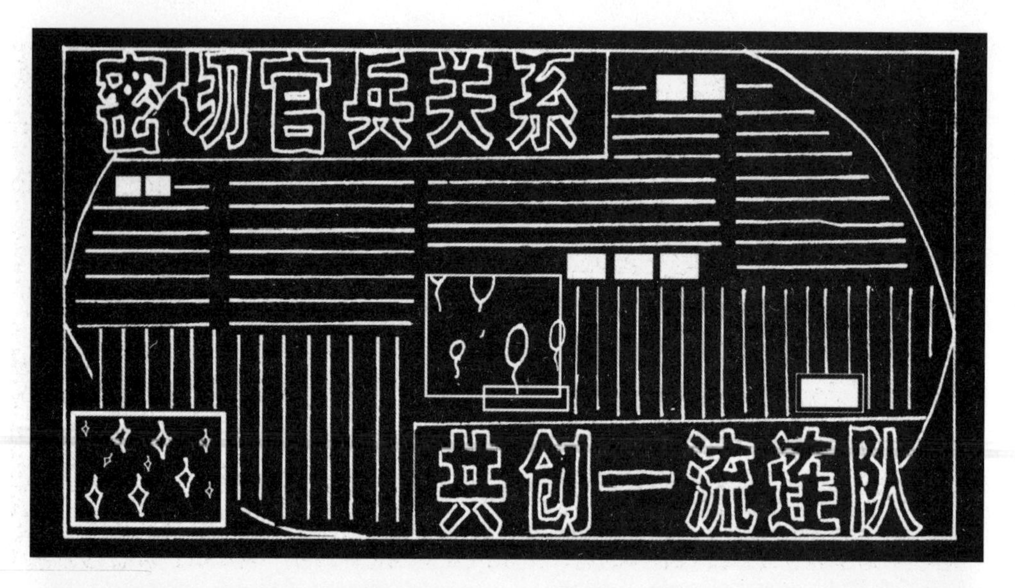

部队黑板报

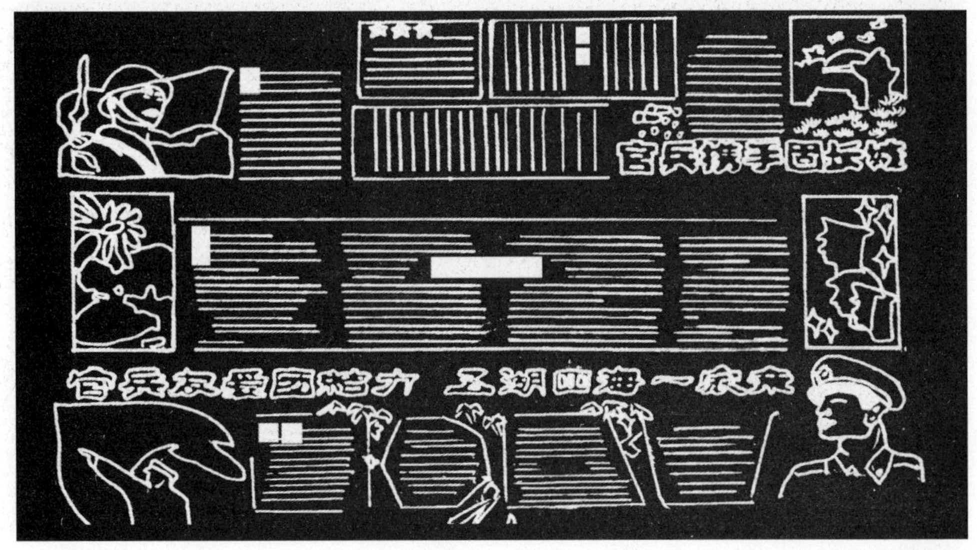

部队黑板报

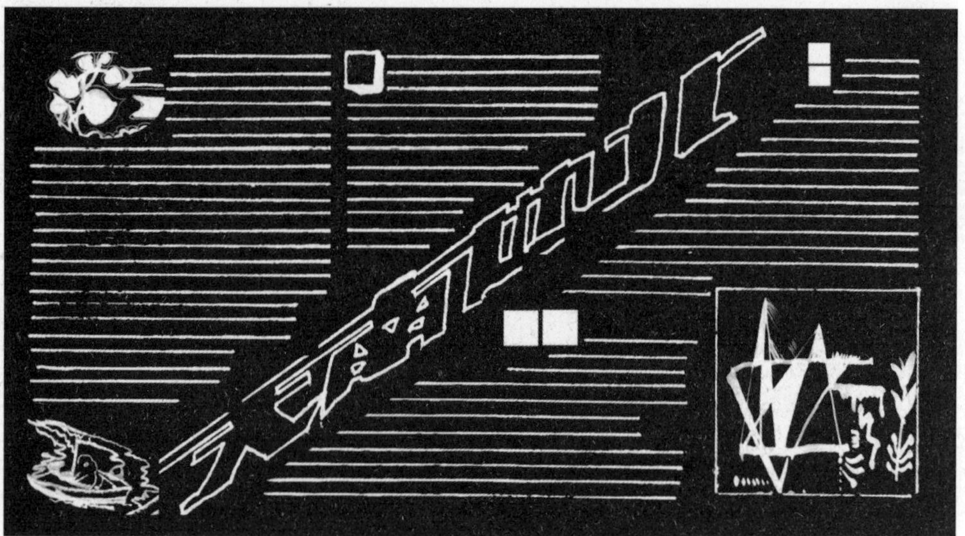

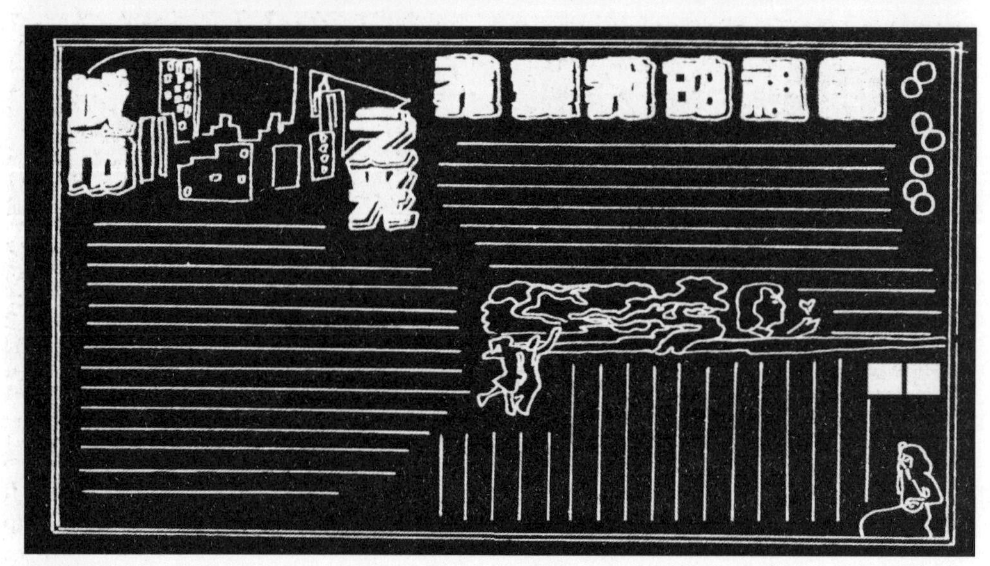

部队黑板报

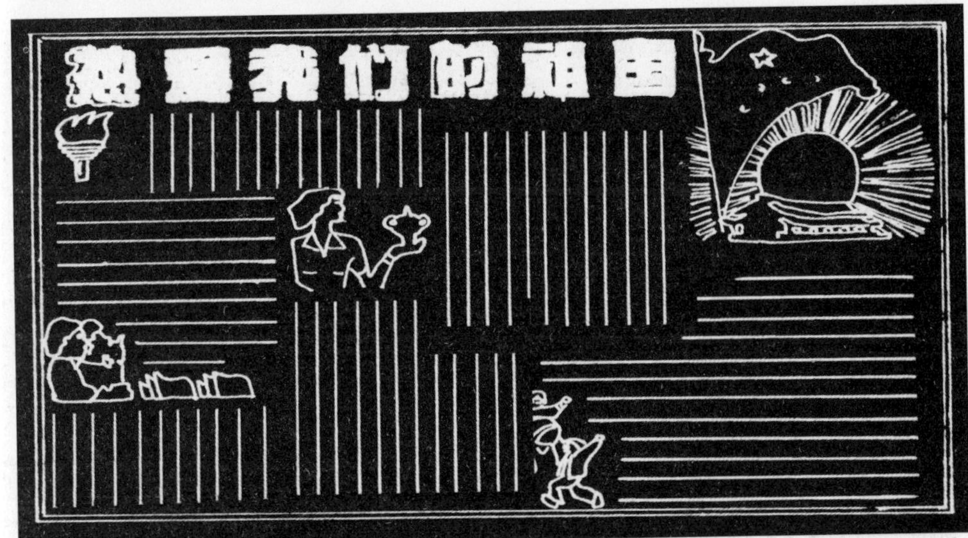

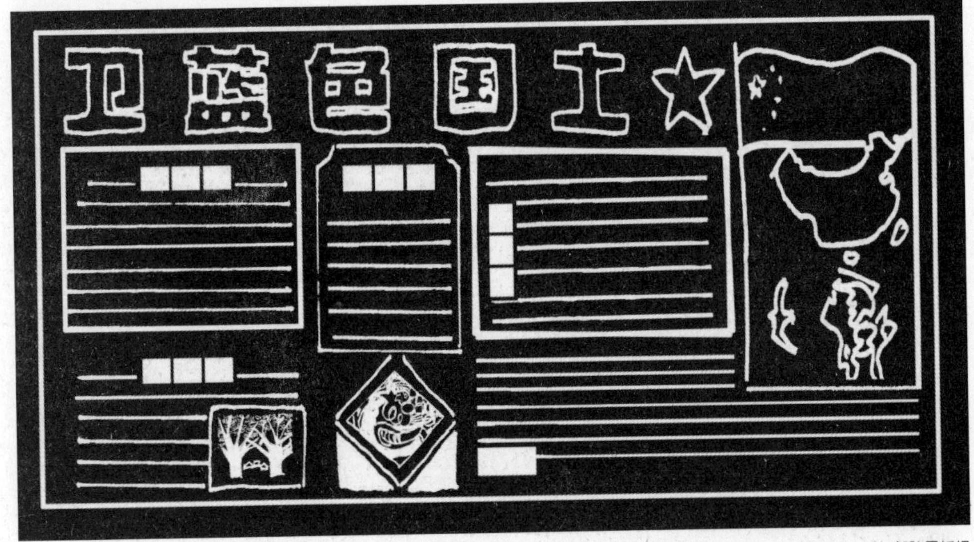

部队黑板报

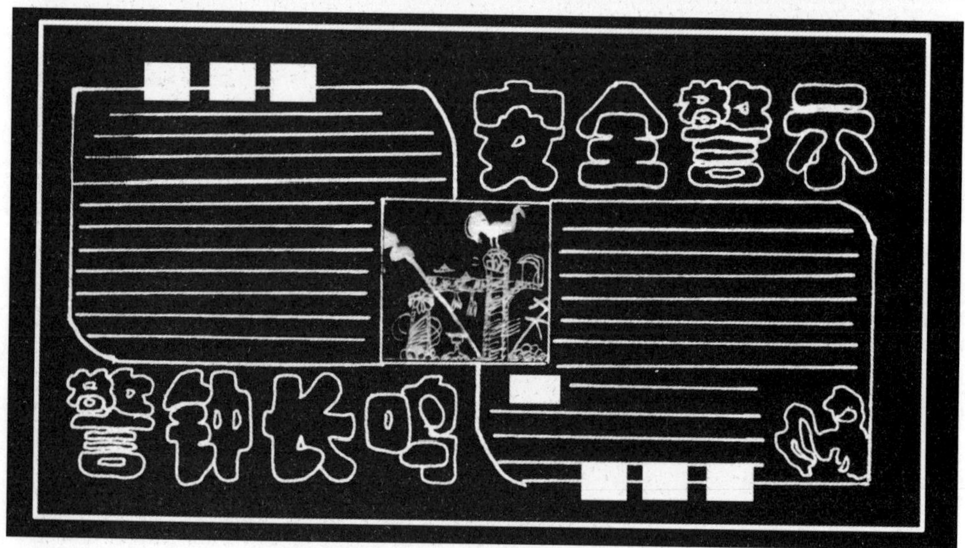

部队黑板报

第二节　厂矿黑板报

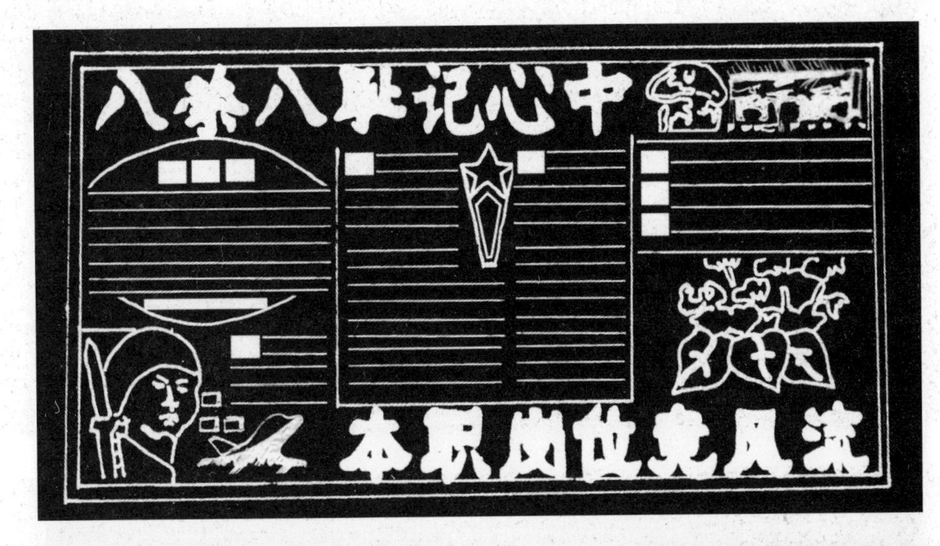

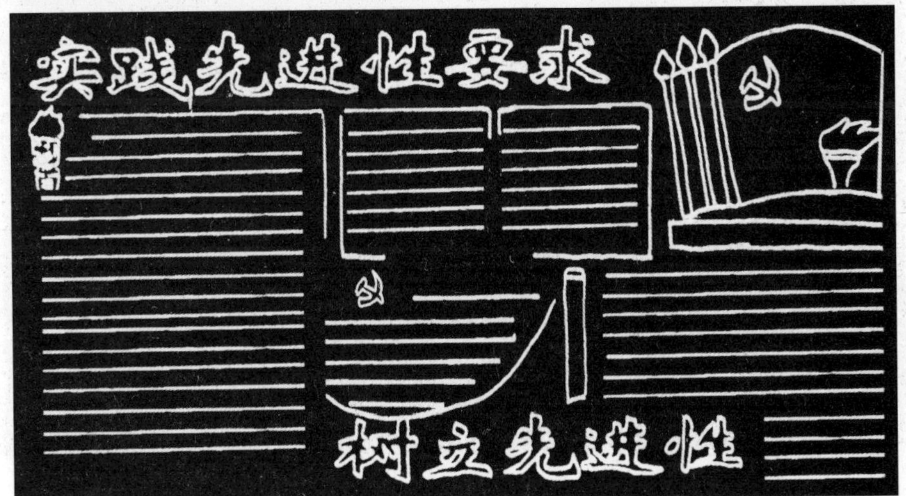

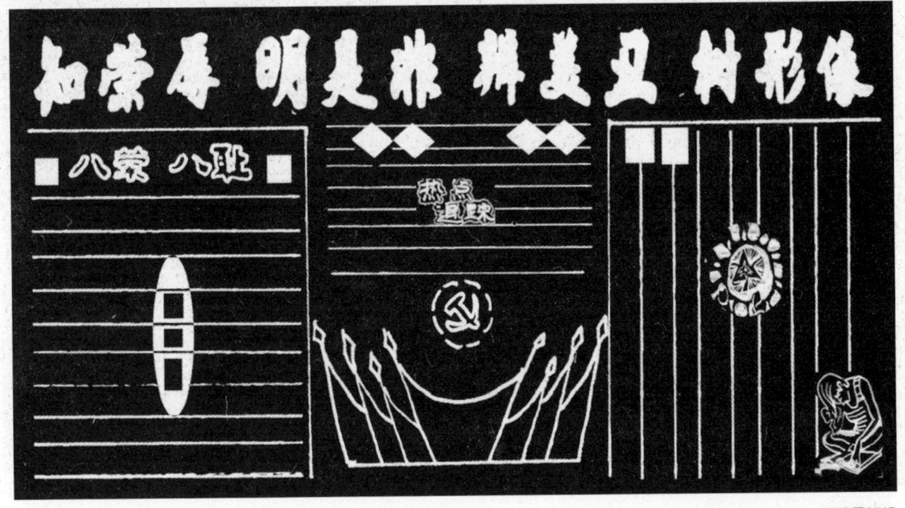

厂矿黑板报

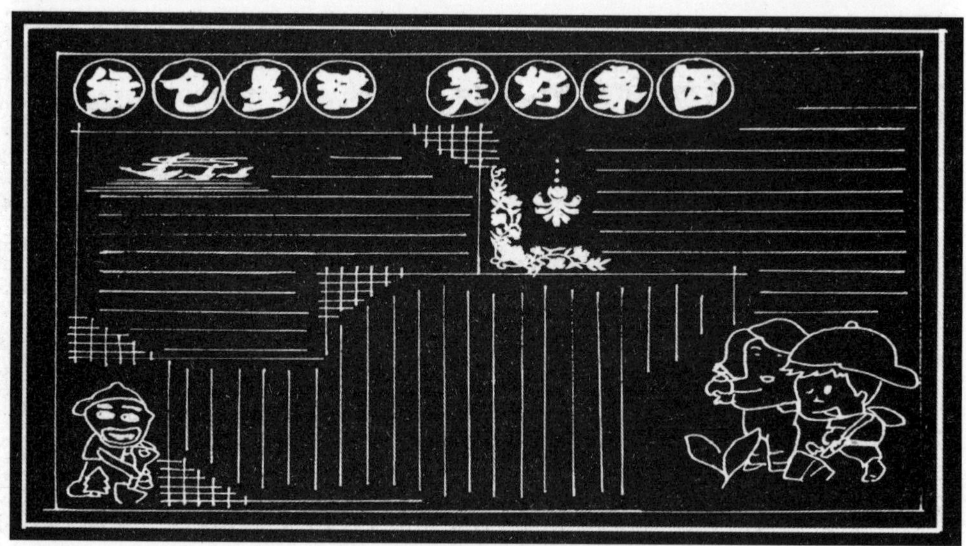

厂矿黑板报

企业细胞 闪光足点
QIYEXIBAOSHUNCHANGZUDLAN
员工格言
闪光点
班组建设
班组建设

建设社会主义新农村

广喜录

厂矿黑板报

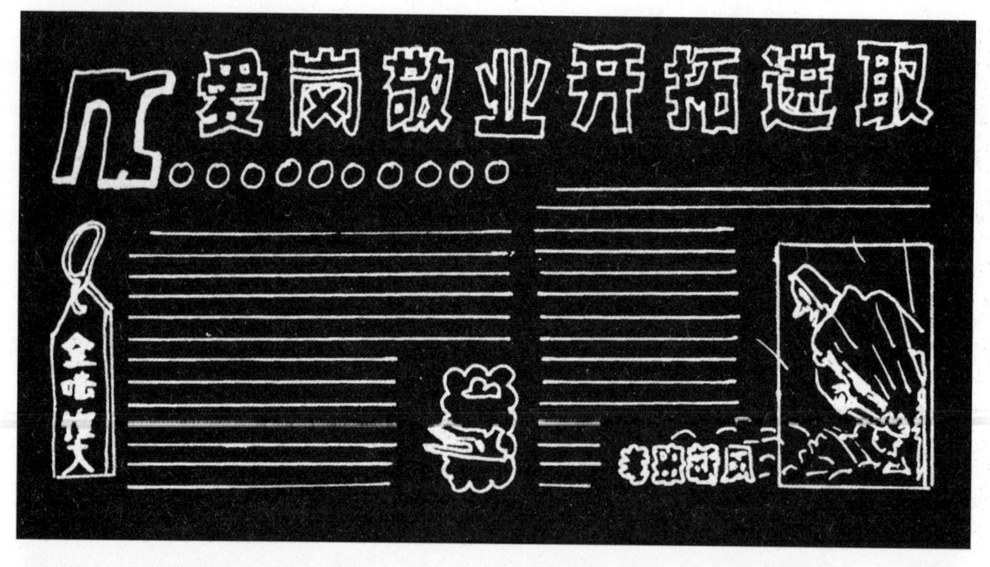

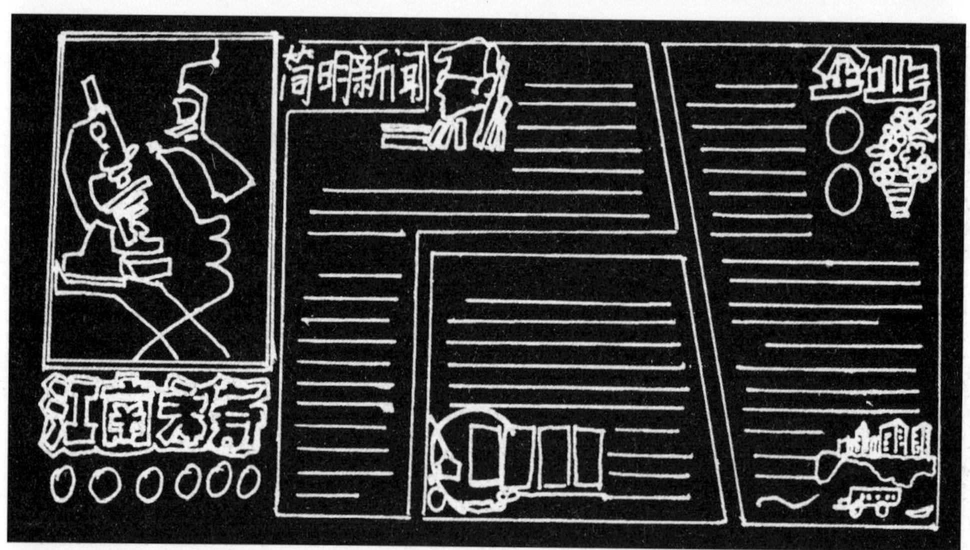

厂矿黑板报

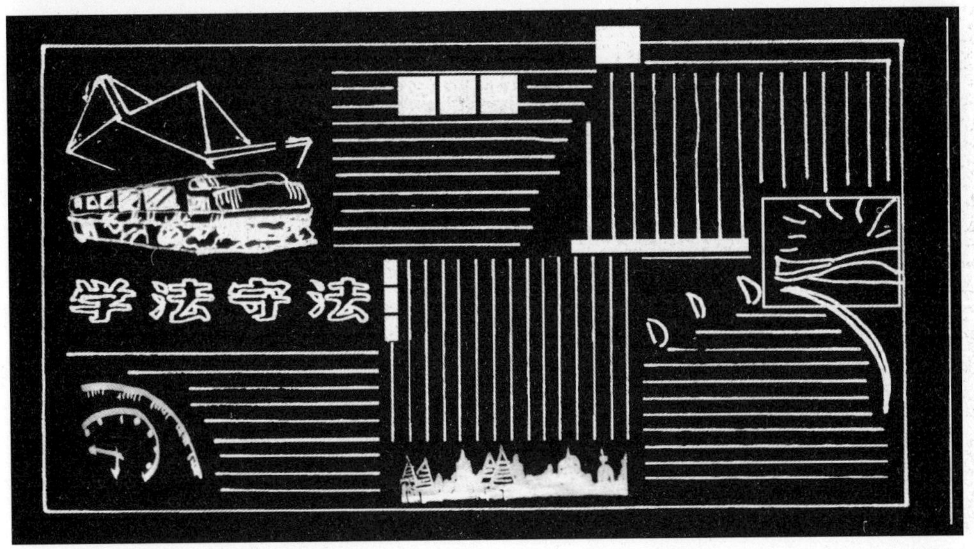

厂矿黑板报

第三节　节日黑板报

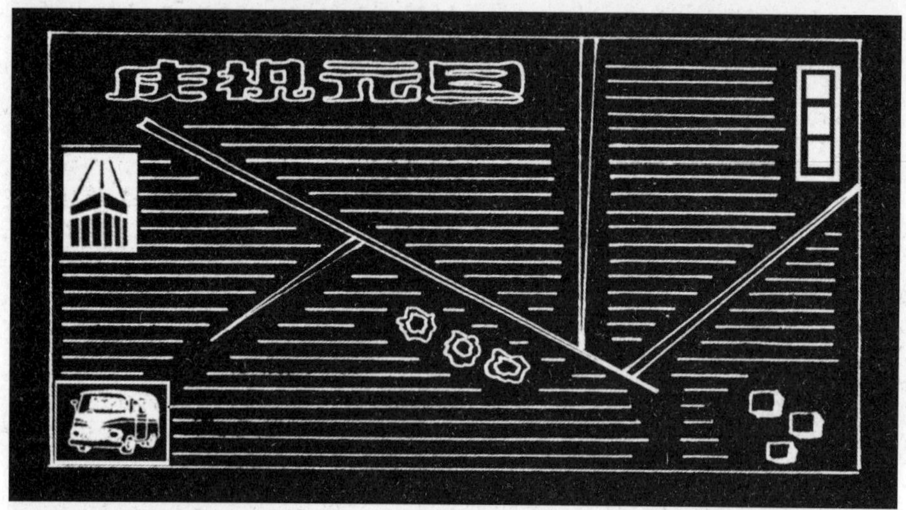

节日黑板报

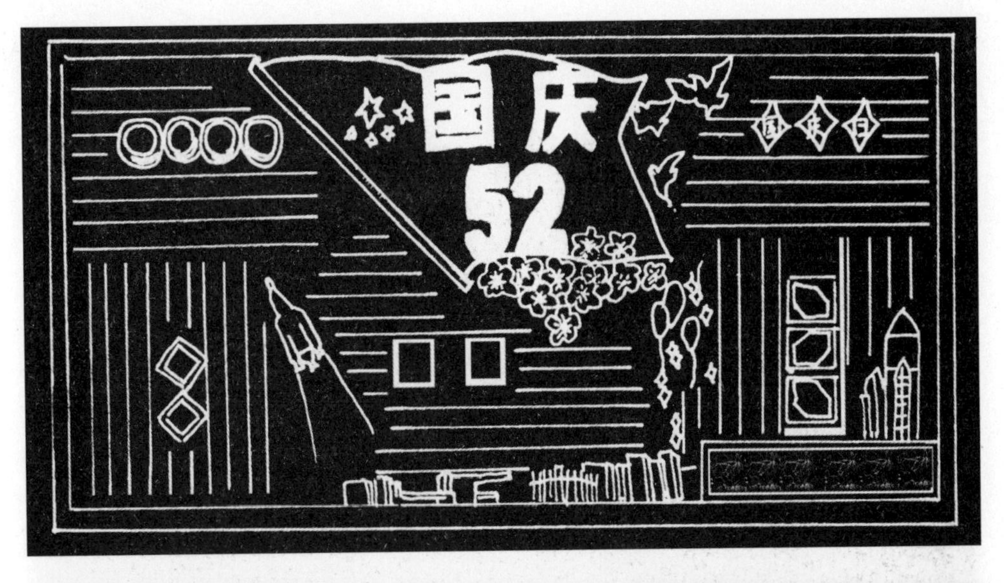

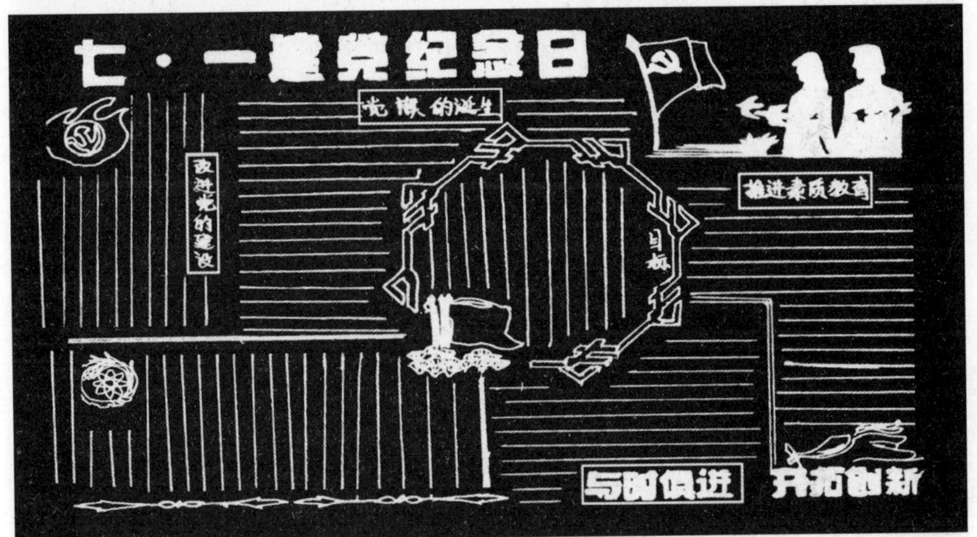

节日黑板报

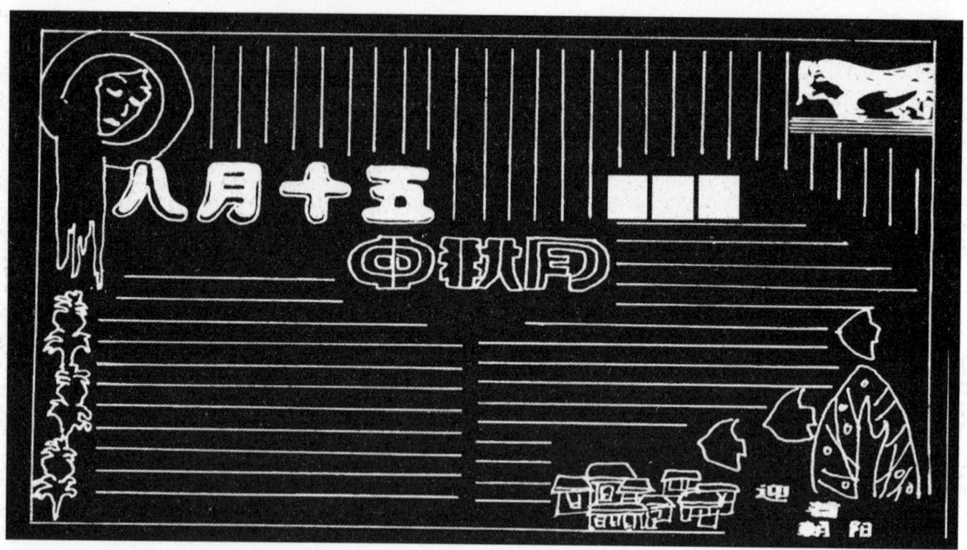

节日黑板报

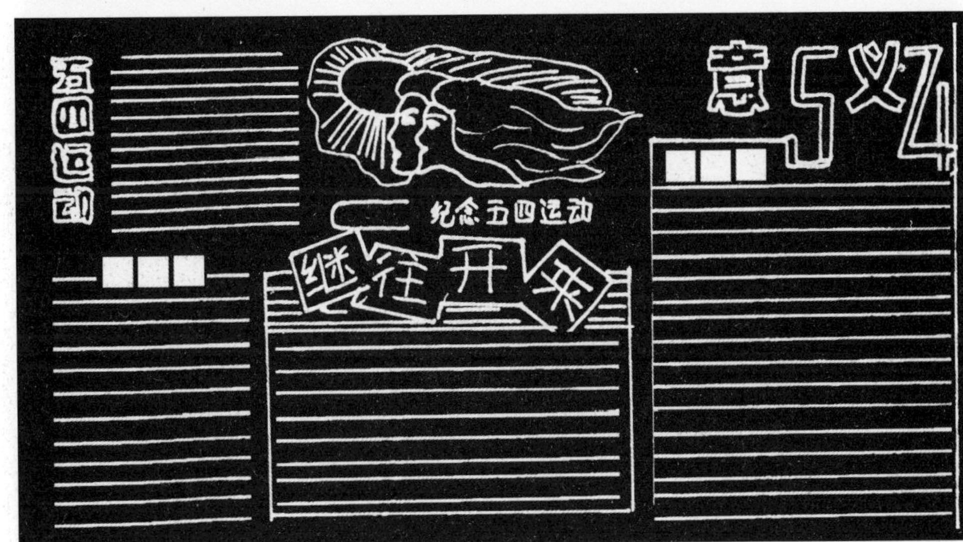

节日黑板报

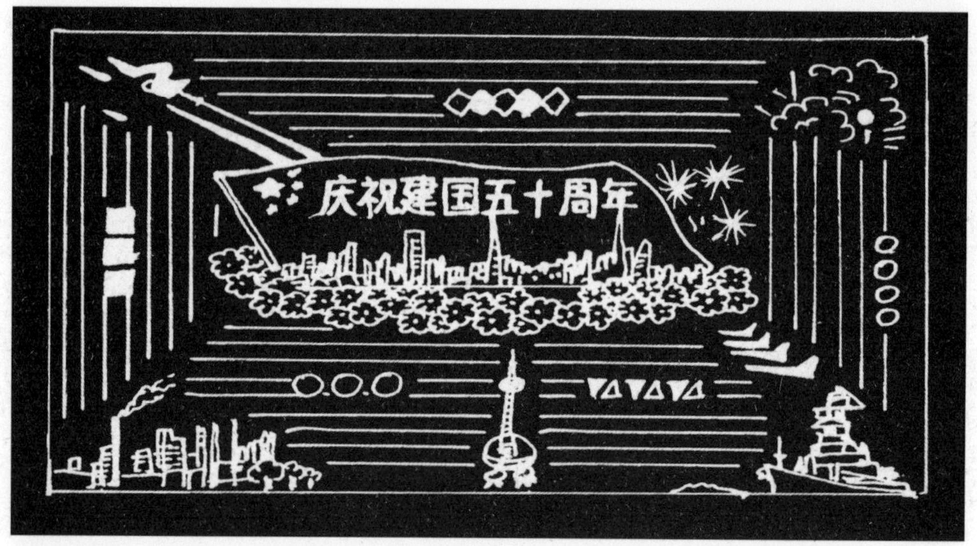

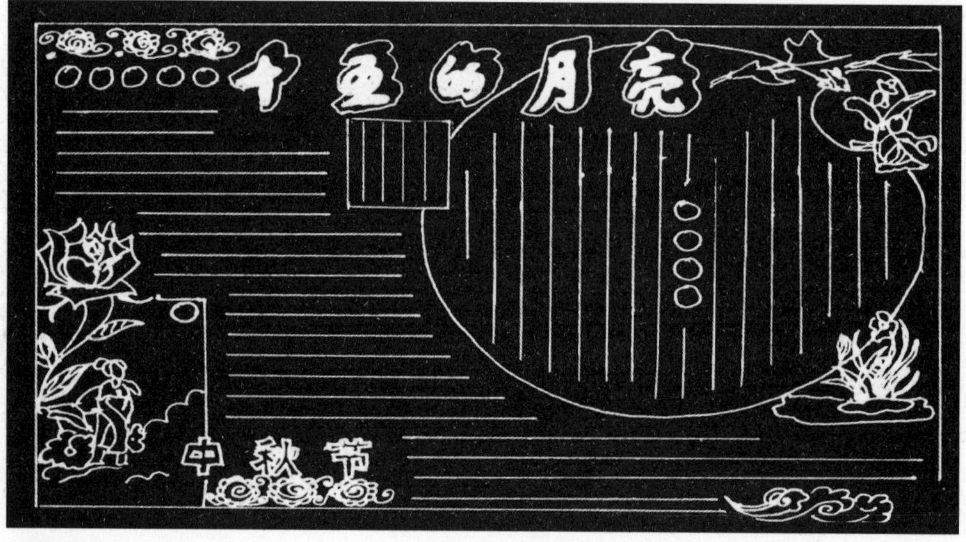

节日黑板报

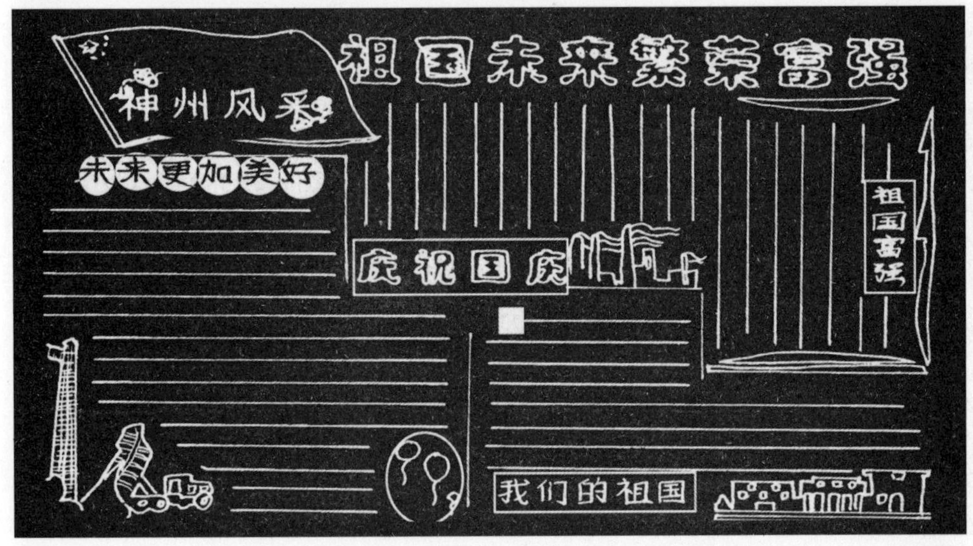

节日黑板报

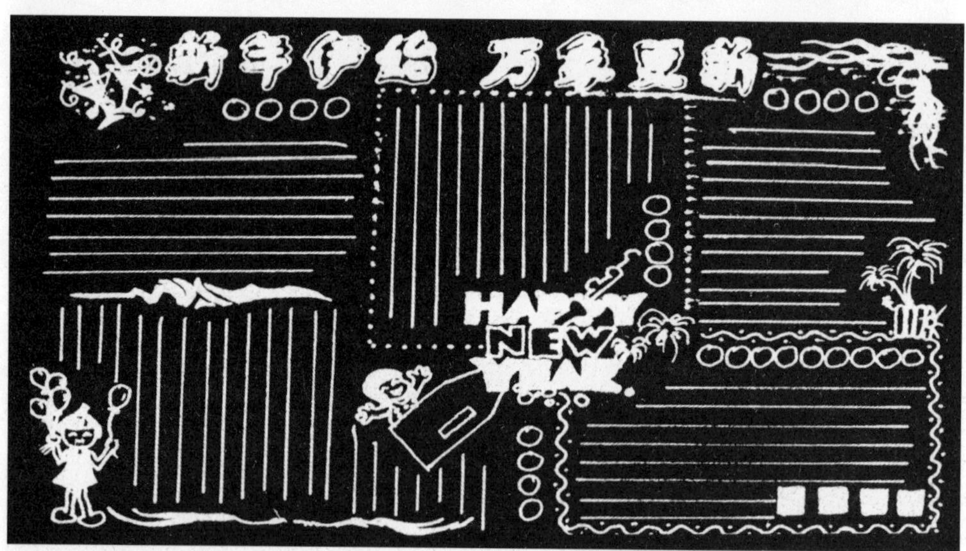

节日黑板报

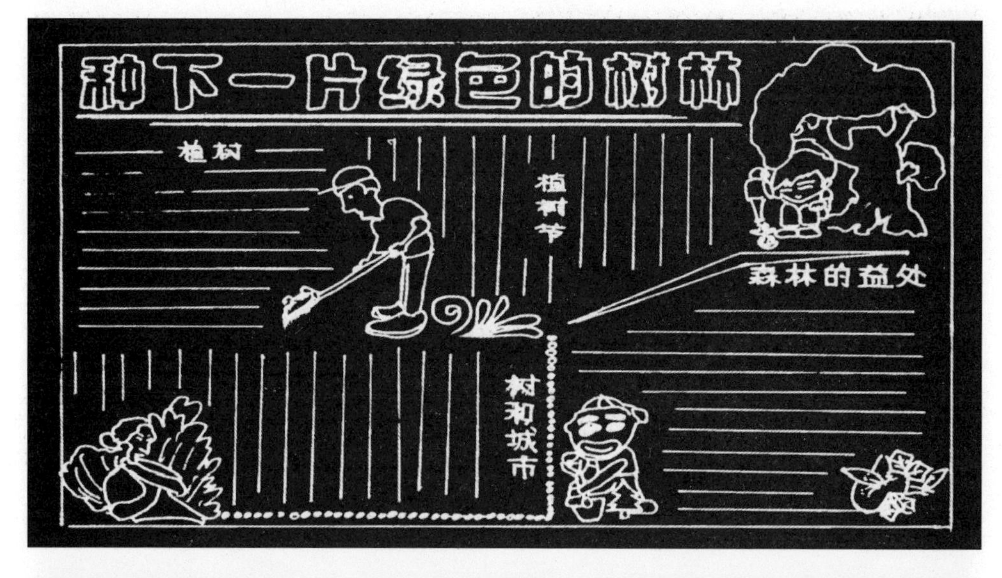
种下一片绿色的树林
植树
植树节
森林的益处
树和城市

八月十五思乡夜
中秋吃月饼
小话月饼
中秋之夜

端午节
DUANWUJIE

节日黑板报

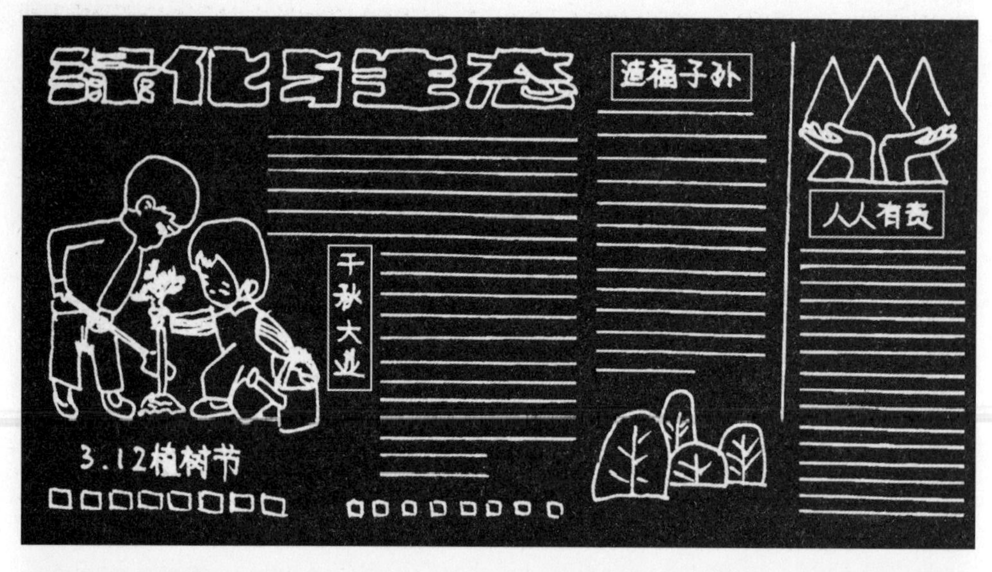

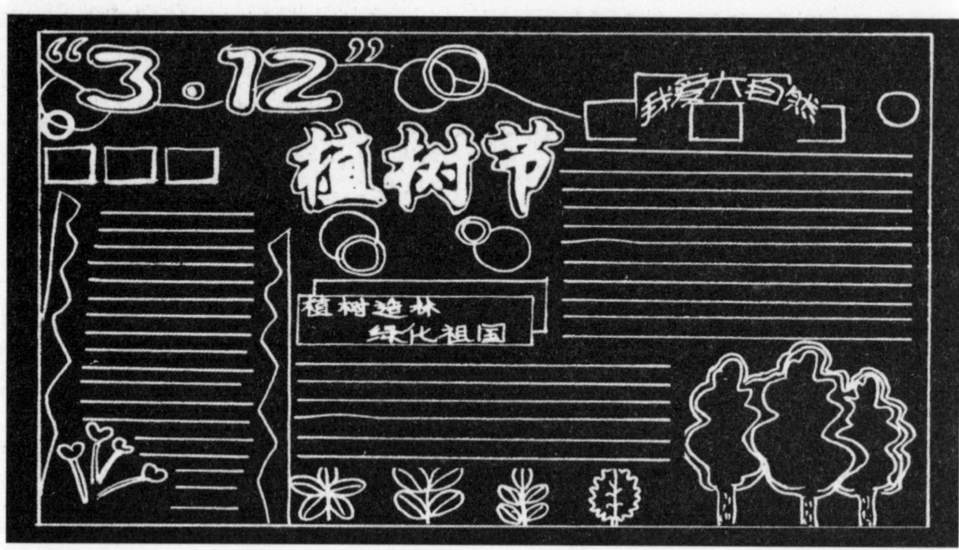

节日黑板报

绿色星球 美好家园
植树节的由来
奇树种种
森林的春天

三八国际妇女节
妇女节由来
世界女性风采
食花美人
爱不需礼物

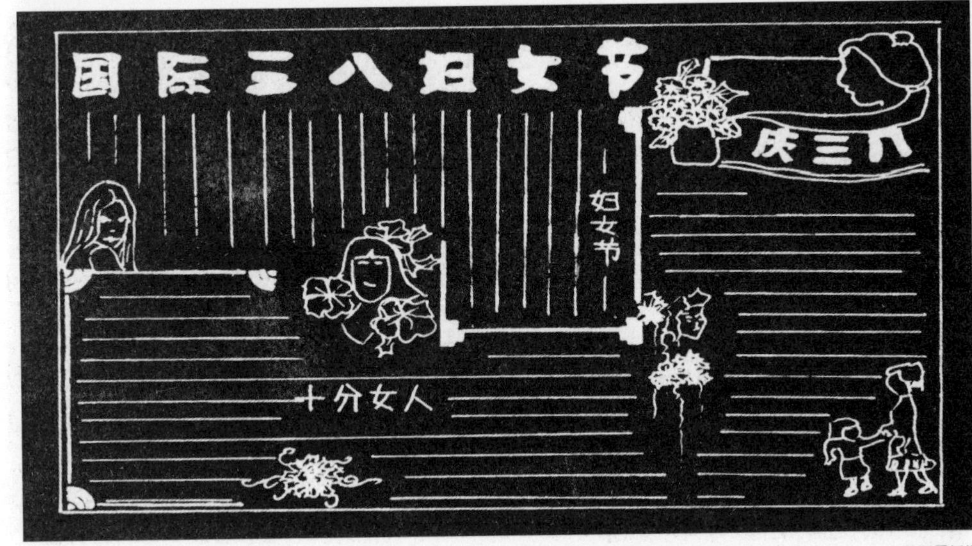
国际三八妇女节
庆三八
妇女节
十分女人

节日黑板报

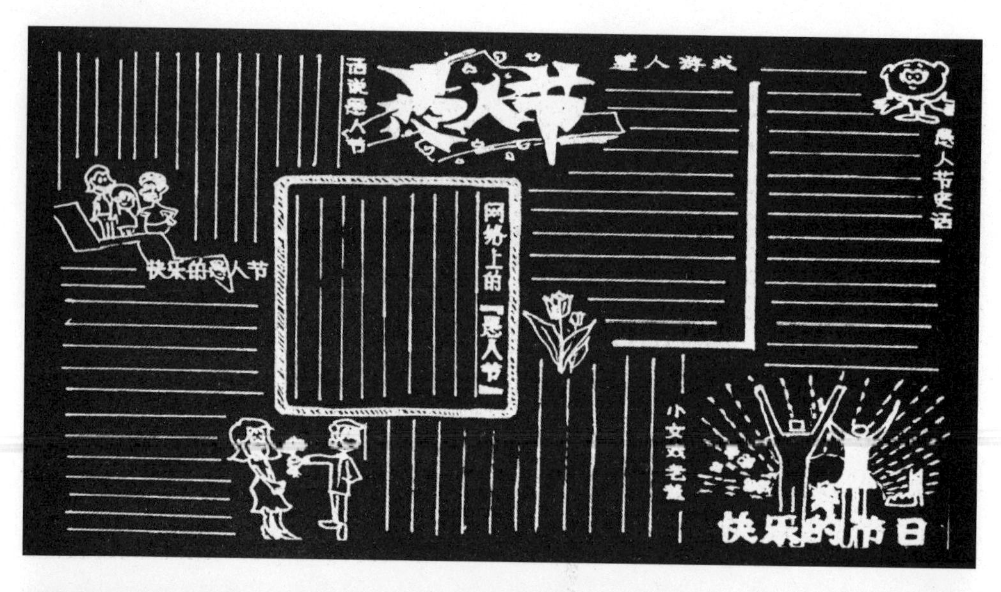

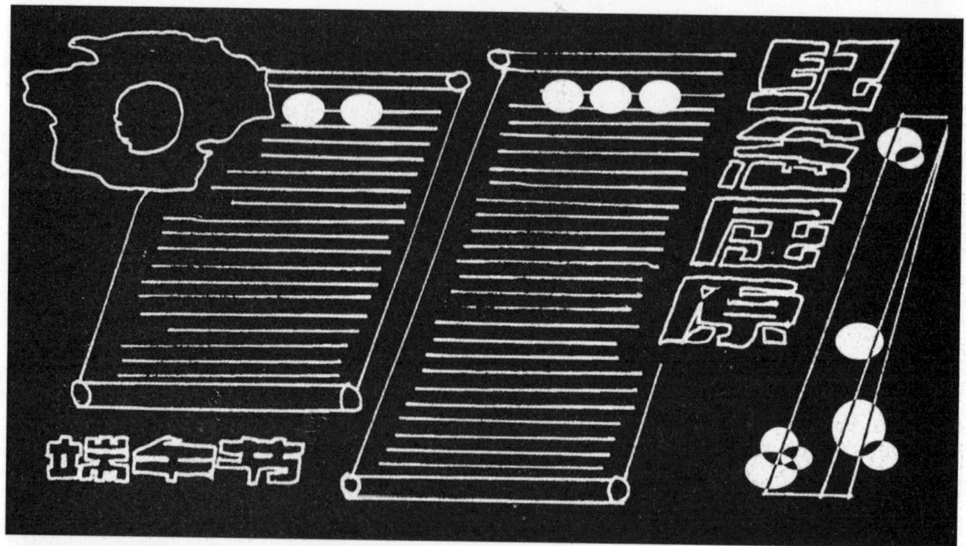

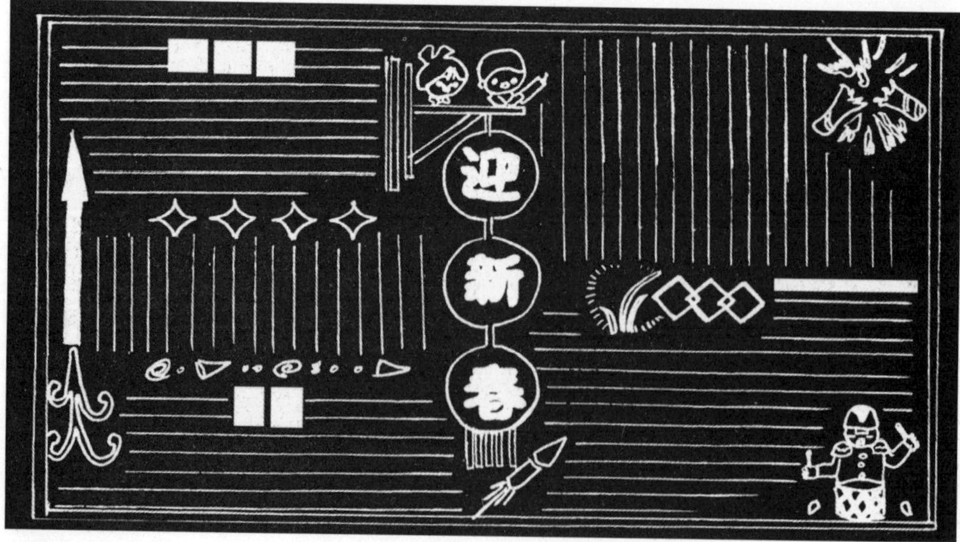

节日黑板报

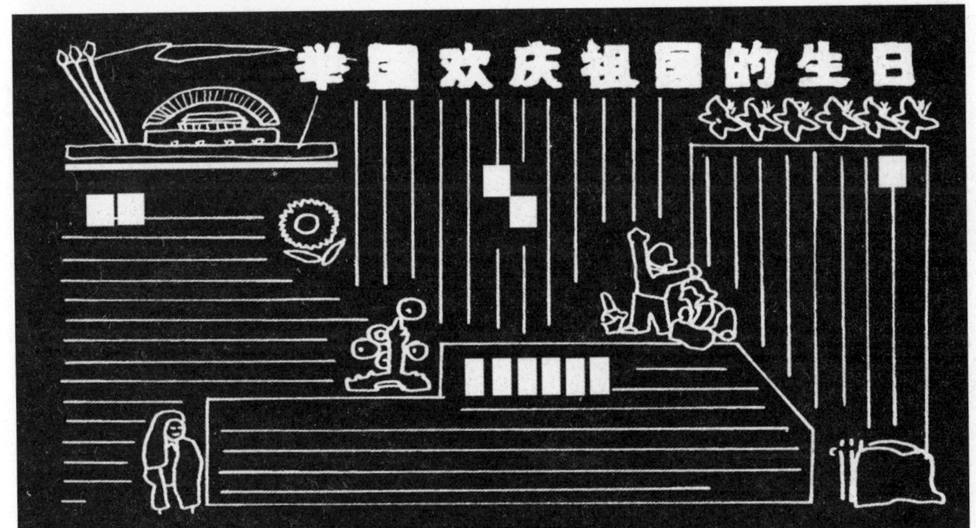

节日黑板报

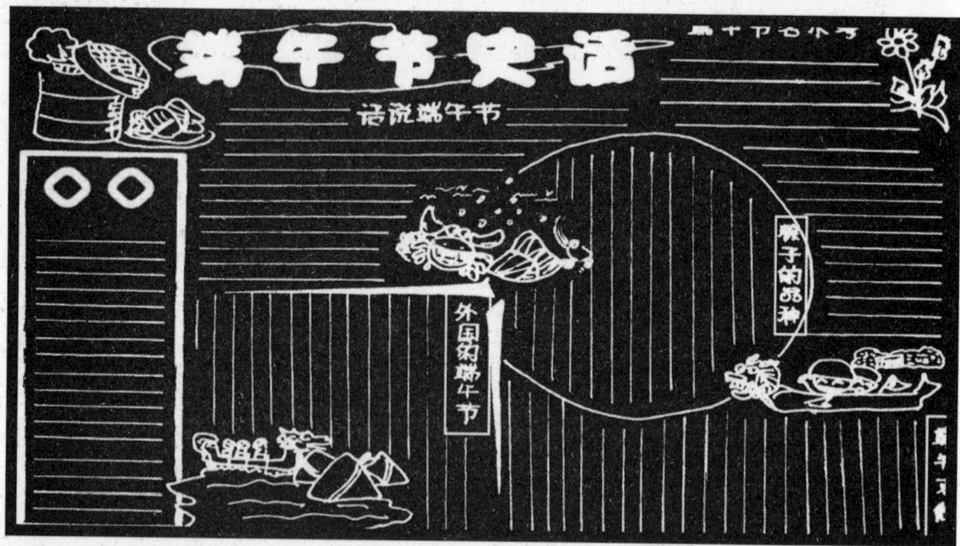

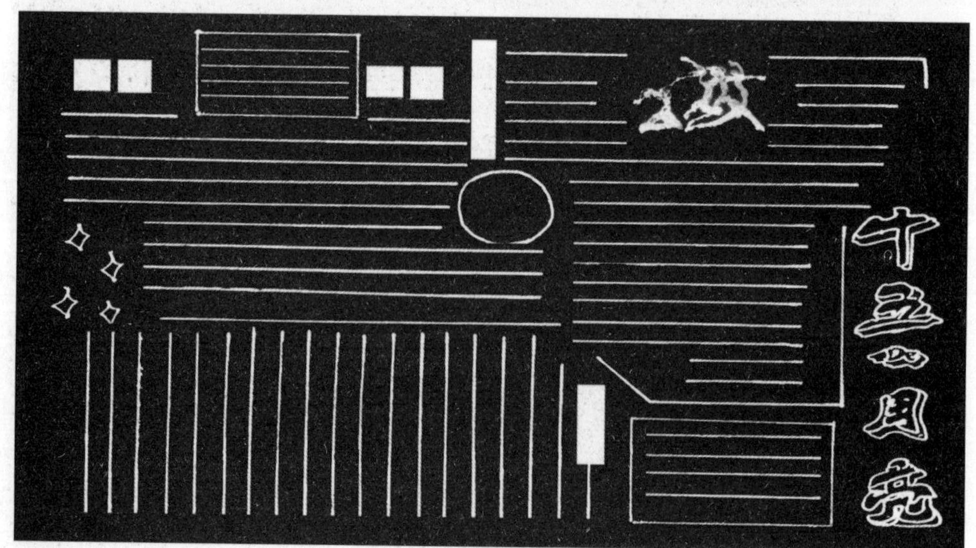

节日黑板报

第四节　学校黑板报

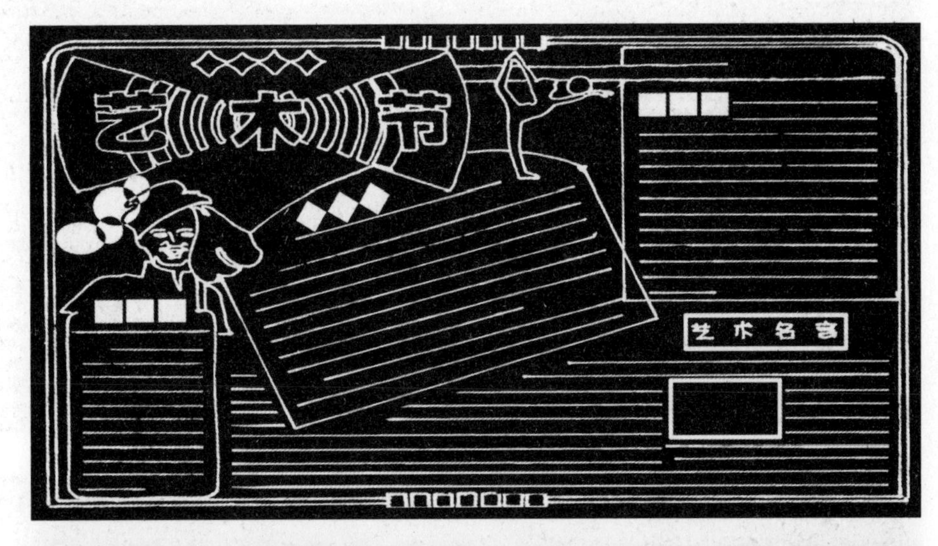

学校黑板报

学校黑板报

欢迎你，新同学
从零开始
校园诗歌

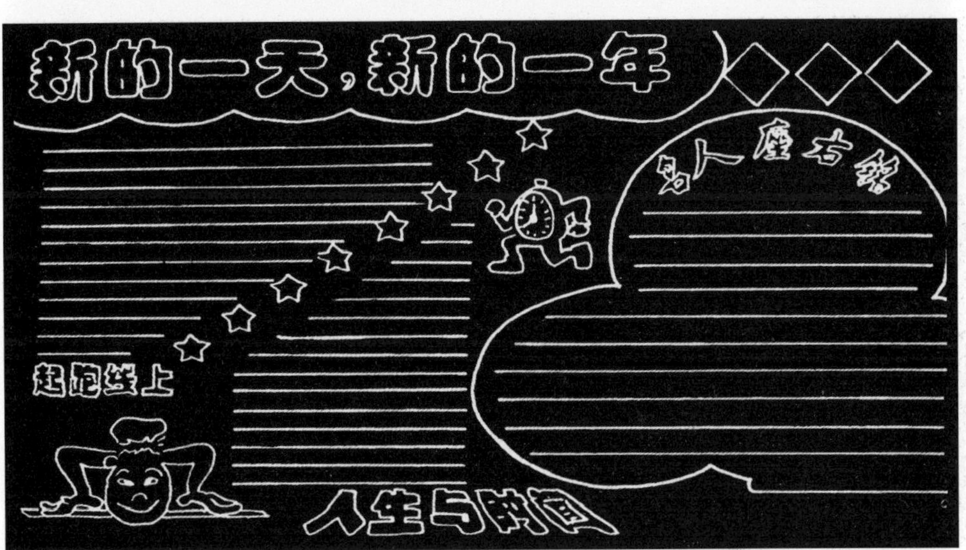
新的一天，新的一年
起跑线上
人生与时间

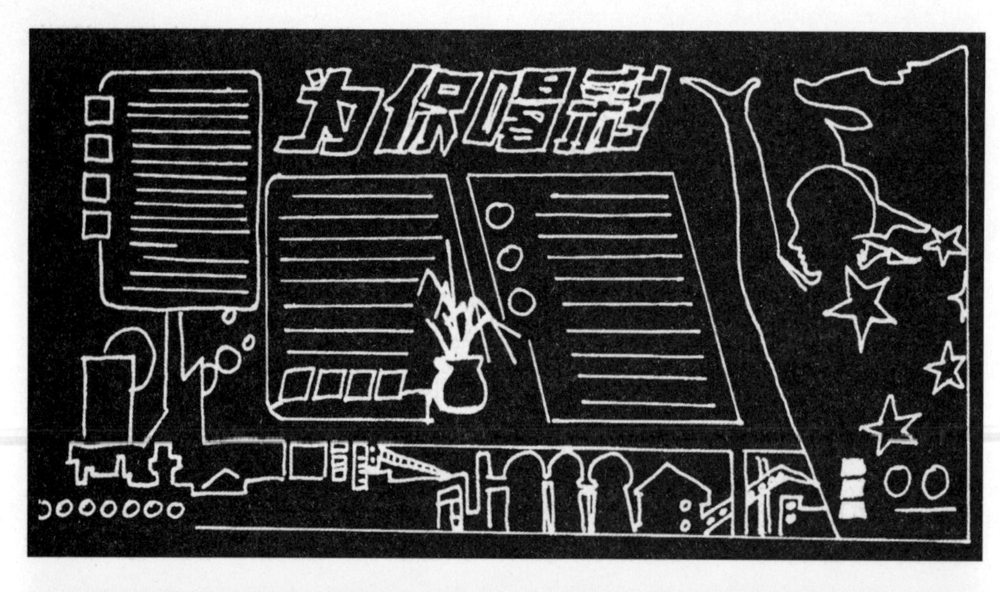

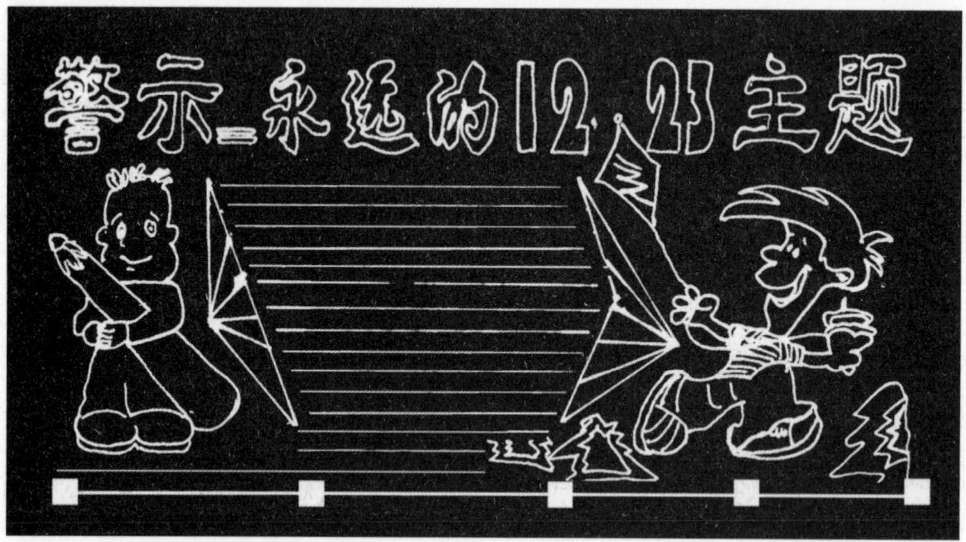

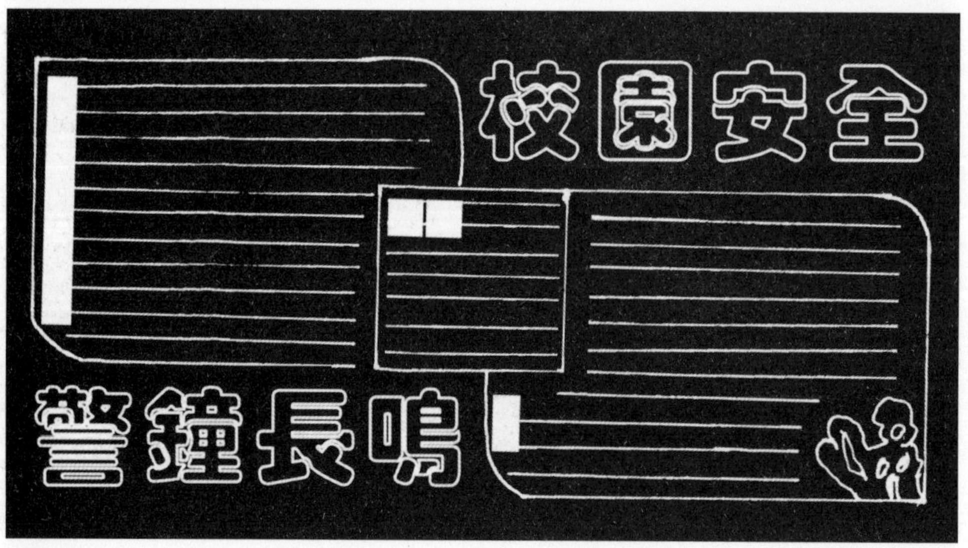

学校黑板报

学校黑板报